2050:
भारत गणतंत्र के 100 वर्ष

वैभव

NOTION PRESS

NOTION PRESS

India. Singapore. Malaysia.

ISBN 979-889544193-0

मैं यह पुस्तक समर्पित करता हूं :

शाश्वत समय (काल) को, क्योंकि केवल वही जानता है कि इस पुस्तक में वर्णित के दर्शन कब होंगे।

राम

विषयसूची

प्रस्तावना

वर्ष 2020-21 में आध्यात्मिक अनुभव के बाद मुझे लिखने की प्रेरणा मिली। अपने देश के बारे में अपने विचारों को लिखने का अवसर मिला, जिसने 2021 में प्रकाशित पुस्तक "डिस्कवरी ऑफ न्यू इंडिया / नए भारत की खोज" का रूप लिया। उस पुस्तक में कुछ समस्याओं पर चर्चा की गई जो ब्रिटिश काल के दौरान पैदा की गई थीं; उस पुस्तक में उनमें से कई समस्याओं के समाधान का उल्लेख किया गया है।

इस अवलोकन से प्रेरित होकर कि उस पुस्तक में उल्लेखित कई सुझाव और समाधान वास्तव में (2021-2024) हमारे देश में हो रहे हैं, मैं फिर से लिखने के लिए प्रेरित हुआ हूं।

यह पुस्तक, अंग्रेजी में प्रकाशित "2050 - इंडिया टर्न्स 100" का हिंदी भाषा में अनुवाद है, जिसे मैं आध्यात्मिक दृष्टिकोण से लिख रहा हूं। मैं भारत और विश्व की घटनाओं को उसी दृष्टि से देख रहा हूं। एक सहस्राब्दी से अधिक समय से चली आ रही कुछ सबसे कठिन समस्याओं का समाधान उसी दृष्टि से देख रहा हूँ।

मुझे पता नहीं है कि ये दृश्य अंतर्ज्ञान, छद्म अंतर्ज्ञान, मेरी कल्पनाएँ या मेरे तर्कसंगत दिमाग के तार्किक निष्कर्ष हैं या बस इच्छाएँ हैं। हालाँकि, भगवान की और गुरुओं की इच्छा से मैं

लिखने के लिए प्रेरित हुआ हूँ - अपने जीवनकाल में उन्हें पूरा होता देखने की आंतरिक इच्छा के साथ। यही कारण है कि मैं इस पुस्तक को समय को समर्पित करता हूं क्योंकि केवल समय ही जानता है कि भविष्य में हमारे लिए क्या है। आप देखेंगे कि समर्पण पृष्ठ पर हस्तलिखित राम है; यह महाराज जी (महायोगी त्रिकालदृष्टा नीब करौरी बाबा) की लिखावट है (उनका मंत्र है)।

पुस्तक का मंचन वर्ष 2050 में किया गया है। पुस्तक में मैं 2024-2050 के बीच हुए परिवर्तनों का वर्णन कर रहा हूं। शिक्षा, शासन, प्रशासन और समाज के ढांचे में होने वाले परिवर्तन, लोगों के विचारों, विश्वासों और जीवन शैली को प्रभावित करते हैं। भारत में ये परिवर्तन लोगों के आध्यात्मिक विकास और समाज के विकास के साथ गहराई से जुड़े हुए हैं। सभी लोगों ने स्वयं को और भगवान को बेहतर ढंग से समझने के प्रयास किए हैं, जिसके परिणामस्वरूप समाज में कई बदलाव आए हैं। मेरा विश्वास करिये, परिवर्तन क्रांतिकारी हैं!

यह उपलब्धि भारत और अन्य लोगों द्वारा भारतीय ज्ञान को स्वीकार करने में निहित है। यह दृष्टिकोण अहं ब्रह्मास्मि (मैं ब्रह्म हूं), और वसुधैव कुटुम्बकम् (संपूर्ण पृथ्वी परिवार है) के मौलिक भारतीय ज्ञान पर आधारित है।

'धन्यवाद कश्मीर' अध्याय विशेष है। भारत, मध्य पूर्व एशिया, पूर्व/पश्चिम विश्व आदि की गलत संरेखण की कठिनतम

समस्याओं के समाधान के लिए केंद्र बिंदु के रूप में 'कश्मीर' कैसे कार्य करता है? उन्हें इस अध्याय में संकलित किया है। भगवान राम की कृपा दृष्टि कैसे पड़ी, ये भी विशेष रूप से अध्याय में संकलित है।

'धन्यवाद कश्मीर' अध्याय और विशेषकर अंतिम टिप्पणियाँ (आध्यात्मिक नोट्स) - विभिन्न धर्मों, आस्थाओं और आध्यात्मिक गुरुओं की शिक्षाओं की उल्लेखनीय समानता दर्शाते हैं। सभी इस मूलभूत सत्य पर सहमत हैं कि सृष्टिकर्ता एक है! ये अभूतपूर्व परिवर्तन है, एक बार जब यह अनुभूति प्राप्त हो जाती है तो भव्य एकीकरण लाती है।

बाद के अध्यायों में विश्व के लोगों की अनुभूतियों की यात्रा, उन अनुभूतियों की आंतरिक शक्ति को दर्शाया गया है, और वे लोग ऐसी अनुभूतियों के बाद सदियों या सहस्राब्दियों के अपराध बोध से कैसे बाहर आते हैं? आप आश्चर्यचकित हो सकते हैं ये जानकर कि पिछले कुछ सहस्राब्दियों का सबसे बड़ा पाप क्या था? मूल पाप क्या है? वो जो अक्सर बताया जाता है या कुछ और? एकांत में बैठ कर आप स्वयं सोचिए, हो सकता है कि आपको स्वयं सत्य की अनुभूति हो जाए।

पुस्तक में उन प्रमुख "क्षमा याचना" का भी उल्लेख है जो कुछ देशों या क्षेत्रों ने इन वर्षों (2024-2050) के दौरान की, और इससे भी महत्वपूर्ण बात यह है यह जानना कि उन्होंने ऐसा क्यों किया?

क्या आपने कभी सोचा है कि लगभग 500 ईसा पूर्व में आदि शंकराचार्य द्वारा खोजी गई कश्मीर की शंकराचार्य पहाड़ी (गोपाद्री मंदिर, संधिमना-पर्वत) को यहूदी और ईसाई सोलोमन पहाड़ी क्यों कहते हैं? मुसलमान इसे तख्त-ए-सुलेमान क्यों कहते हैं? क्या यह कैलाश की तरह ही बहुत ऊँचा आध्यात्मिक स्थान है? श्री अरबिंदो ने भी 1903 में अपनी यात्रा में इसकी शक्ति का अनुभव किया था।

यह पुस्तक भारत की प्रगति के "खोए हुए वर्षों" का संकेत देती है। महाभारत युद्ध की समाप्ति के बाद से, मानव चेतना का पतन जारी है। बचपन से सुनी गई महाभारत की कहानी के अनुसार, जब सरस्वती नदी को अपना मार्ग बदलने और भूमिगत होने के लिए कहा गया, तब से भारत उपमहाद्वीप में आध्यात्मिक पतन हुआ है।

समय ने 600-500 ईसा पूर्व की अवधि के दौरान इस पतन को पलटने की कोशिश की, जब वर्धमान महावीर, गौतम बुद्ध और आदि शंकराचार्य धार्मिकता के पुनरुद्धार के लिए आए। समय ने बाद के समय में कई बार पतन को पलटने की कोशिश की, फिर भी भारत की आध्यात्मिक गिरावट जारी रही।

मुझे नहीं पता कि क्या यह आध्यात्मिक पतन, मनुष्य की स्वयं के बारे में घटती जागरूकता, या पूर्ण सत्य की घटती अनुभूति, या सतही कर्मकांडों में उलझने, या गलत समझी जाने वाली चतुर-वर्ण प्रणाली और सामाजिक-सांस्कृतिक ताने-बाने में

बढ़ती कठोरता, इत्यादि के कारण है? कब भारत विश्व के लिए मार्गदर्शक बने रहने के अपने कर्तव्य से भटक गया? एकांत में बैठ कर आप स्वयं सोचिए, हो सकता है कि आपको सत्य की अनुभूति हो जाए।

भारतीय चेतना का पतन हुआ और 1000-1500 वर्ष तक सज़ा भुगतनी पड़ी। 1857 में सबसे निचले स्तर को छूने के बाद, वर्ष 1893 में एक उछाल आया। तब से ऊपर की ओर यात्रा जारी है।

शायद 21वीं सदी, भारत की सदी बनने जा रही है। भारत को इस विचार से न तो अति प्रसन्न होना चाहिए और न ही अहंकार होना चाहिए कि विकसित विश्व फिर से उसकी ओर देखने लगा है। भारत को विश्व के लिए मार्गदर्शक बनने के अपने शाश्वत कर्तव्य से दोबारा विमुख नहीं होना चाहिए।

मेरा एक व्यक्तिगत आध्यात्मिक अनुभव भी इस पुस्तक को लिखने के लिए प्रेरक कारक है। पिछले कुछ वर्षों से मेरे मन में एक प्रश्न था; यह कई बार मुझे ध्यान आता था। यह उस रिश्ते के बारे में है जो हिमालय के शाश्वत संत महाअवतार बाबाजी, (प्रभु यशु) ईसा मसीह के साथ रखते हैं। दोनों लगभग 2000 साल पहले पृथ्वी पर आए थे, और दोनों को अत्यधिक आध्यात्मिक ईश्वर-साक्षात्कारी आत्माओं के रूप में जाना जाता है। उस प्रश्न (क्या महाअवतार बाबाजी और यीशु मसीह एक ही आत्मा हैं?) के साथ मैं क्रिसमस की पूर्व संध्या 2023 पर उत्तराखंड के द्वाराहाट में वाईएसएस (YSS) आश्रम में गया।

अगली सुबह हमने महाअवतार बाबाजी की प्रसिद्ध गुफा देखने की योजना बनाई हुई थी। आश्रम में क्रिसमस की पूर्व संध्या पर ध्यान करने के दौरान, मैंने मन में अपना प्रश्न दोहराया। और कुछ समय में अचानक ही आंतरिक आवाज सुनी "तभी तो तुमको क्रिसमस पर यहां बुलाया गया है"!

वैभव

मेरठ, अगस्त *2024*

1 बेंच (मेरा बोधि वृक्ष)

आज नए साल 2050 का पहला दिन है। मैं ऋषिकेश में गंगा नदी के किनारे एक लोहे की बेंच पर बैठा हूं। यह बेंच कई वर्षों, बल्कि दशकों से यहाँ है। जो लोग सुबह या शाम को नदी के किनारे टहलने आते हैं, वे इस बेंच पर (चुपचाप) बैठना पसंद करते हैं, शायद अपने जीवन के बारे में पूर्व-निरीक्षण करने के लिए या बस प्रकृति का निरीक्षण करने के लिए या शायद कुछ नहीं करने के लिए।

इस बेंच के पास लगभग 90 वर्षों से स्वामी रामा साधना मंदिर आश्रम है। गंगा नदी के तट पर स्थित इस आश्रम में आने वाले लोग अक्सर इस पुरानी बेंच पर अपनी साधना जारी रखते हैं। आश्रम के सामने एम्स (AIIMS) ऋषिकेश है। मरीजों के कई परिचारक, मित्र और रिश्तेदार गंगा नदी के किनारे थोड़ी देर आराम करने के लिए यहां आते हैं।

दशकों से यहां रह रहे स्थानीय निवासी इस बेंच के साथ-साथ बूढ़े हुए हैं। वे यहाँ विशेषकर सुबह-शाम तथा सर्दियों की दोपहर में आते हैं। मेरी छोटी सी झोपड़ी, जैसा कि मैं इसे कहता हूं, पास ही है। यह एक छोटा सा अपार्टमेंट (घर) है, जो मेरे और मेरे परिवार के ऋषिकेश में अल्पकालिक यात्रा के लिए पर्याप्त है।

बच्चों के पालन-पोषण से जब भी मुझे समय मिलता है, मैं प्रकृति के साथ फिर से जुड़ने, अपने आंतरिक स्व का पता लगाने और उसका विस्तार करने के लिए ऋषिकेश आता हूं। कई बार मेरी पत्नी उपहास करती है, आपकी आत्म-खोज (स्वाध्याय) कब पूरी होगी?

आज विश्व एक विशेष वर्ष, 2050 में प्रवेश कर रहा है। लगभग 30 वर्षों से, इस वर्ष के लिए बहुत सारी भविष्यवाणियां होती रही हैं। सम्भवता मैं इन्हें इच्छाएँ कहना पसंद करूँगा। सभी देशों की तरह, वर्षों से, भारत भी 1 जनवरी 2050 की सुबह देखने की प्रतीक्षा कर रहा है। कुछ ही साल पहले, 2047 में भारत ने ब्रिटिश राज से मिली स्वतंत्रता के 100 साल पूरे कर लिए हैं। इन 100 वर्षों में बहुत कुछ बदल गया है, विशेषकर पिछले 50 वर्षों में। मैं 70 वर्ष से भी अधिक समय से सूक्ष्म या स्थूल (या यहां तक कि अपरिष्कृत) परिवर्तनों का एक शांत प्रेक्षक (गवाह) रहा हूं। सचमुच, परिवर्तनों की एक लंबी सूची है।

गंगा के बहते हुए स्वच्छ नीले पानी के उस पार, मुझे हाथियों का एक झुंड (परिवार), छोटी पहाड़ी की तलहटी में टहलते हुए दिखाई देता है। रोज सुबह-शाम नदी पर आना, पानी पीना, नहाना, खेलना और मौज-मस्ती करना उनकी दिनचर्या है। ऐसा लगता है कि पिछले कुछ दशकों में उनके लिए कुछ भी नहीं बदला है। उनके दिन लगभग एक जैसे होते हैं, जो प्रकृति, वनस्पति और मौसम के बदलाव के अनुरूप होते हैं। वे हमेशा

एक साथ रहते हैं, हमेशा प्रकृति से, अपने निवास स्थान से और शायद अपने आंतरिक स्वरूप से जुड़े रहते हैं। शायद, वे मनुष्यों की तरह खोजपूर्ण नहीं हैं जो जीवन जीने के लिए अलग-अलग मार्ग अपनाते हैं। मुझे आश्चर्य है कि क्या इन प्राणियों को तनिक भी ज्ञान है कि मानव जीवन कितना जटिल है? या यदि मैं यह कहने का साहस कर सकूँ, कि हम मानव अपने जीवन को कितना जटिल बना लेते हैं जो अन्यथा सरल होता है!

हमें अपने जीवन का उद्देश्य जानने के लिए अक्सर सहारा (एंकर या मार्गदर्शक) की आवश्यकता होती है। वास्तव में, सभी इतने भाग्यशाली नहीं होते कि प्रारंभिक चरण में ही अपने जीवन के उद्देश्य को महसूस कर सकें; कुछ लोग तो अपने जीवन का वास्तविक उद्देश्य जाने बिना ही विश्व छोड़ देते हैं। कई बार उनके अंतिम वर्ष काफी अकेले, असहाय और दर्दनाक होते हैं।

इस बेंच को ताजा ताजा हरे रंग से रंगा गया है। शायद एक या दो दिन पहले नए साल का स्वागत के लिए। हालांकि, मैं अपनी इस बेंच पर उसी पुराने धातु के प्रक्षेपण को उभरा हुआ महसूस कर सकता हूं, जो मेरी पीठ पर ठीक वैसे ही चुभ रहा है जैसे कि पहले भी चुभता था। यह धातु का उभार लगभग 30 वर्षों से अपना काम ईमानदारी से कर रहा है। यह 2021 में भी था जब मैंने इस जगह की अपनी पहली यात्रा पर इस बेंच की खोज की थी। शायद, इस बेंच पर यह छोटा सा धातु का उभार मुझे धरातल पर

बने रहने की याद दिलाता है। मैं उस गुमनाम संत से सहमत हूं जिन्होंने कहा है कि "जीवन के कुछ पहलू कभी नहीं बदलते"! यह धात्विक प्रक्षेपण मेरे जीवन में ऐसे स्थिरांकों में से एक है।

आज नए साल का पहला दिन होने के कारण यह बेहद खास है। यह खिली धूप वाली लेकिन ठंडी दोपहर है। बहुत सारे लोग गंगा नदी के किनारे-किनारे चल रहे हैं। वे तरह-तरह की टोपियां पहने हुए हैं; उनकी टोपियों के अलग-अलग डिज़ाइन और रंग हमारे देश की समृद्ध विविधता का प्रतिनिधित्व कर रहे हैं। प्राचीन काल से, हमारे देश की विशेषता इसकी सांस्कृतिक विविधता में निहित है, जो इसके सामाजिक ताने-बाने में खूबसूरती से एकीकृत है।

वह भूमि जहां हर कुछ सौ मील पर बोली और भूजल का स्वाद बदल जाता है, वह भूमि जो ब्रह्मपुत्र नद से सिंचित खूबसूरत पूर्वी राज्यों से लेकर पश्चिम की सफेद और सुनहरी रेत तक फैले सांस्कृतिक धागों से बुनी हुई है। तेजस्वी उत्तरी हिमालय से लेकर इंदु सागर (हिंद महासागर) की देखरेख करने वाले दक्षिण के (सांस्कृतिक रूप से समृद्ध) महान राज्यों तक, इस प्राचीन देश का भौगोलिक विस्तार इतना विविध है।

मैं अब 70 वर्ष से अधिक हो चुका हूं और यहां पूर्वव्यापी स्थिति में बैठा हूं। मुझे अतीत की घटनाओं की (पिछले 40-50 वर्षों में मेरे साथ, मेरे देशवासियों के साथ, मेरे देश और विश्व के साथ घटी घटनाओं की), स्पष्ट झलकियां मिल रही हैं। भारत सच्ची

प्रगति के पथ पर काफी आगे निकल चुका है। वास्तव में, पूरे विश्व ने महत्वपूर्ण प्रगति की है, यह न केवल ज्ञान साझा के लिहाज से, बल्कि आध्यात्मिक रूप से भी एकजुट हो गए हैं।

वर्ष 2020-22 के दौरान विश्व को हिलाकर रख देने वाली कोविड-19 महामारी के बाद कई क्षेत्र एक-दूसरे के करीब आए, खासकर वे क्षेत्र जिनका इतिहास एक जैसा था या जिनके सांस्कृतिक मूल्य समान थे। भारतीय उपमहाद्वीप में, दक्षिण-पूर्व एशियाई देशों (आसियान देशों) में सांस्कृतिक पुनर्व्यवस्था हुई। चीन और तिब्बत में विखंडन और पुनर्व्यवस्था हुई। रूस और यूरोप अधिक एकजुट हुए, मध्य पूर्व एशियाई देशों में चमत्कार हुए, और अफ्रीकी संघ में भी सांस्कृतिक पुनर्व्यवस्था हुई। 21वीं सदी के आधुनिक विश्व ने कई देशों, धर्मों और संस्कृतियों के बीच सद्भाव स्थापित करने में महत्वपूर्ण प्रगति की है। वर्ष 2045 में जब संयुक्त राष्ट्र संघ (UNO) 100 वर्ष का हुआ, तब तक उसने अपने चार्टर पर बहुत कुछ हासिल कर लिया था।

यह कैसे हुआ? पिछले 30 वर्षों में, विश्व के सबसे प्रभावशाली लोगों को एहसास हुआ कि शीर्ष पर पहुंचने की दौड़ कभी खत्म नहीं होती है। मुझे याद है कि कैसे कोविड-19 महामारी ने तथाकथित सबसे शक्तिशाली देशों को घुटनों पर ला दिया था। उन शक्तिशाली देशों ने महामारी के दौरान महसूस किया था कि मनुष्यों को प्रकृति का सम्मान करना चाहिए। अब वे ईश्वर की

एकता, उस ईश्वर तक ले जाने वाले विविध मार्गों की एकता और उनकी रचनाओं की एकता को स्वीकार करते हैं।

मुझे आश्चर्य है कि अभी कुछ ही दशक पहले भारत ने विश्व को यह संदेश दिया था "वसुधैव कुटुंबकम", जिसका अर्थ है कि ईश्वर रचित सभी जीव जंतु (Flora & Fauna) एक परिवार हैं। यह वर्ष 2023 में भारत द्वारा आयोजित ग्लोबल 20 (G20) कार्यक्रम था, जब भारत ने "एक पृथ्वी, एक परिवार, एक भविष्य" का संदेश दिया था। संदेश ने सही समय पर, सही स्वर में प्रहार किया। इसने विश्व को कोविड-19 महामारी से हुई तबाही से उबरने के लिए एक नई दिशा, एक नया मार्गदर्शन (एक नया मंत्र) दिया। यह संदेश, विश्व को देखने, प्राकृतिक संसाधनों को देखने, प्राकृतिक रचनाओं को देखने, प्राणियों को देखने, धरती माता के निर्जीव पहलुओं को देखने के विचार और दृष्टिकोण को बदलने की शक्ति रखता है।

2023 में G20 कार्यक्रम के बाद, विश्व के परिवर्तन निर्माता बनने वाले विश्व नेताओं ने सभी की भलाई और सह-अस्तित्व के "एक पृथ्वी, एक परिवार, एक भविष्य" सार्वभौमिक संदेश को समझा। अगले 2 दशकों में, देशों ने मिलकर काम किया, और "एक पृथ्वी, एक परिवार, एक भविष्य" के लक्ष्य प्राप्ति के लिए महत्वपूर्ण कदम उठाए।

"एक पृथ्वी, एक परिवार, एक भविष्य" से विश्व को एक नया दृष्टिकोण, सद्भाव, कृतज्ञता और पारस्परिक सम्मान का

जीवन जीने का नया उत्साह प्राप्त हुआ। यह संदेश भेदभाव और नस्लवाद के उन्मूलन तक ही सीमित नहीं, वरन समाज की कई बीमारियों को मिटाने की शक्ति रखता है।

हालांकि पिछले 20 वर्षों के दौरान विश्व के कई क्षेत्रों में संघर्ष हुए हैं, लेकिन वे संघर्ष काफी हद तक स्थानीय ही बने हुए हैं। अधिकांश मामलों में, युद्ध स्तर को बढ़ाने या उससे पैसा कमाने के लिए "गठबंधन के रूप में एक साथ" लड़ने की कोई अंधी दौड़ नहीं दिखि। सौभाग्य से, अधिकांश मामलों में उन युद्धों का पैमाना स्थानीय ही रहा।

“एक पृथ्वी, एक परिवार, एक भविष्य” एक सार्वभौमिक संदेश बन गया और धीरे-धीरे सभी देश इससे जुड़ते गए।

वसुधैव कुटुंबकम, एक कालातीत सत्य है, जिसे इस क्षेत्र के प्राचीन ऋषियों और आध्यात्मिक गुरुओं द्वारा आत्मसाध और विकसित किया गया है। भारत के ईश्वर-साक्षात्कारी और आत्म-साक्षात्कारी संतों द्वारा दिया गया यह सार्वभौमिक संदेश आधुनिक विश्व के लिए मार्गदर्शक के रूप में कार्य कर रहा है। इसने सामंजस्यपूर्ण सह-जीवन, आत्मसम्मान के साथ जीने, प्रकृति के साथ सद्भाव में रहने और उद्देश्यपूर्ण जीवन जीने का मार्ग दिखाया।

आज हम 2050 में प्रवेश कर रहे हैं, मैं भारत के प्राचीन ज्ञान से विश्व के देशों को जो मार्गदर्शन मिला, उसे बढ़ा-चढ़ाकर नहीं

बता रहा हूं। भारत को अब विश्व मित्र के रूप में देखा जाता है। कई लोग अब सोचते हैं कि भारत (जल्द ही) विश्व का आध्यात्मिक नेता (विश्व गुरु) बन जाएगा, जैसा कि पिछली दो शताब्दियों, 20 वीं शताब्दी और 19 वीं शताब्दी के प्रबुद्ध लोगों ने सोचा था। स्वामी विवेकानन्द, श्री अरविन्द, परमहंस योगानन्द जैसे आधुनिक ऋषियों और उनके कई ईश्वर-प्राप्त समकालीनों ने इसकी भविष्यवाणी की थी। अवतार तुल्य उन ईश्वर-साक्षात्कारी आत्माओं के दर्शन, भविष्यवाणियाँ काफी हद तक वैश्विक स्वीकृति के साथ साकार हुई हैं। देश अब प्रकृति और उसके संसाधनों से संबंधित, लगभग सभी मुद्दों और समस्याओं के समग्र समाधान खोजने के लिए भारत की ओर देख रहे हैं।

संयुक्त राष्ट्र और सभी सदस्य देशों ने सच्ची प्रगति का अर्थ समझ लिया है, अब हम सभी आवश्यकता और लालच के बीच का अंतर समझते हैं। हम समझ गए हैं कि भौतिक प्रगति विश्व भर में सद्भाव और सांत्वना नहीं ला सकती है, क्योंकि भौतिक प्रगति विश्व भर में समान रूप से नहीं हो सकती है। और दूसरी बात, हर कोई (विश्व की हर संस्कृति) भौतिक प्रगति से प्रेरित नहीं होती। यह विश्व व्यापि विविधता है।

अपने चारों ओर देखने पर पता चलता है कि विश्व के कई क्षेत्र और संस्कृतियाँ प्रकृति की गोद में एक साधारण जीवन जीकर, अपने पूर्वजों से प्राप्त अल्प (न्यूनतम) संपत्ति के साथ एक

शांतिपूर्ण, गैर-प्रदूषित जीवन जीकर प्रसन्न हैं। जब संयुक्त राष्ट्र 100 वर्ष का हुआ, तो यह स्थापित किया गया कि देशों और संस्कृतियों को क्षेत्र के स्वदेशी विचारों और सांस्कृतिक मूल्यों के अनुसार, प्रगति को परिभाषित करने में पूर्ण स्वतंत्रता होनी चाहिए। उसके फलस्वरूप "भौतिक प्रगति को ही सच्ची प्रगति मानना", इस विचार को विश्व के देशों ने त्याग दिया।

बिग डैडी या धमकाने वाले देश अब विश्व पर अपने विचार नहीं थोपते। इसके लिए संयुक्त राष्ट्र और संबद्ध निकायों ने भारत के सराहनीय योगदान के साथ महत्वपूर्ण भूमिका निभाई। विश्व भर में सतत प्रगति हुई है। उदाहरण के लिए, शुरू में धन के पुनर्वितरण और उसके बाद विश्व के देशों की समग्र नीतियों और सुशासन द्वारा, विश्व भर में गरीबी उन्मूलन किया गया है। अब हर परिवार सम्मानजनक जीवन जीता है और उनके पास आवश्यक संसाधन उपलब्ध हैं।

मुझे डॉ. एपीजे अब्दुल कलाम की इग्नाइटेड माइंड्स नामक पुस्तक पढ़ना याद है। वे एक प्रमुख वैज्ञानिक थे और भारत के राष्ट्रपति के रूप में भी कार्यरत थे। डॉ. कलाम ने अपनी किताब में गरीबी को हमारे देश की सबसे बड़ी समस्या बताया। इस बात के निष्कर्ष पर पहुंचने के लिए उन्होंने कई कारण बताए थे। जब मैंने पहली बार 2020 में उनकी पुस्तक पढ़ी, तो मैं इस पर सहमत था। और आज जब देशों द्वारा सामूहिक रूप से उठाए गए जागरूक कदमों से गरीबी खत्म हो गई है, तो मैं देखता हूं

कि उन्मूलन ने बहुत सारी सामाजिक और मानसिक बीमारियों को खत्म कर दिया है। केवल एक सुपोषित शरीर, नैतिक रूप से शिक्षित दिमाग, और आध्यात्मिक स्व ही समाज में सच्ची प्रगति और समृद्धि ला सकता है। ये मेरे सामने बहती गंगा की तरह निर्मल, स्वच्छ और स्पष्ट है।

सूरज अब डूबने ही वाला है। ठंड भी बढ़ रही है, लगभग 10 डिग्री सेंटीग्रेड है। नदी पार हाथियों का झुंड वापस जंगल में जाने की तैयारी कर रहा है, जो पहाड़ी के दूसरी तरफ है। शायद अब समय आ गया है कि मैं अपनी झोपड़ी में वापस जाऊं और अपने परिवार और दोस्तों को नए साल की शुभकामनाएं दूं।

2 प्रभु श्री राम

मैं आज सामान्य समय से पहले उठ गया। आज मैं अधिक ऊर्जावान महसूस कर रहा हूँ, शायद इसलिए कि आज 22 जनवरी है। वर्ष 2024 से इस दिन को प्रभु श्री राम के दूसरे आगमन के रूप में मनाया जाता है। श्री राम सहस्राब्दियों से लाखों और अरबों लोगों के आराध्य हैं। मैं वर्ष 2020 में उनके करीब आया, वह वर्ष जिसने आधुनिक विश्व को कोविड-19 महामारी से झकझोर दिया था। उन लॉकडाउन के दौरान मैंने अपने जीवन में दूसरी बार टीवी धारावाहिक रामायण देखा। जिसका गहरा प्रभाव पड़ा जिसने मुझे अध्यात्म की ओर मोड़ दिया।

वर्ष 2020 के बाद के व्यक्तिगत अनुभवों को याद करते हुए, मैं ऋषिकेश में गंगा नदी के तट पर अपनी बेंच (मेरा बोधि वृक्ष) की ओर चलने के लिए तैयार हो गया। गंगा के किनारे चलते समय मैंने देखा कि नदी आज अधिक जीवंत और शोरगुल वाली है। दिन के इस समय में मेरे आस-पास पक्षियों की चहचहाहट सामान्य से अधिक तीव्र है। शायद पक्षी भी मेरी तरह हर्षित हैं मानो प्रभु श्री राम के लिए उत्सव मना रहे हों और गा रहे हों।

मैं अपनी बेंच पर बैठ गया, अपनी आँखें बंद कर लीं और पिछले 30 वर्षों के अनुभवों को याद करने लगा। 22 जनवरी 2024 के स्पष्ट दृश्य सामने आने लगे। शायद उस दिन विश्व की भलाई के लिए समय चक्र (काल चक्र) बदल गया। उस दिन के बाद से काल ने अपनी सभी दिव्य शक्तियों के साथ पृथ्वी के वायुमंडल और पृथ्वी की सतह पर देवत्व को फिर से स्थापित किया। प्रभु श्री राम की आभा उनकी प्राण प्रतिष्ठित मूर्ति में पुनः स्थापित हो गई।

विश्व के सभी धर्मों की आध्यात्मिक पुस्तकों में वर्णित दिव्य प्रकाश, जो दिव्यता, ज्ञान और आध्यात्मिक प्रगति का स्रोत है, उस दिव्यता ने उस दिन पृथ्वी की सतह को पुन्हः छू लिया था। स्पर्श कोमल और सूक्ष्म था। इसके बाद के वर्षों में, पृथ्वी पर कई प्राणियों को इस दिव्यता के स्पर्श से ऊर्जा प्राप्त हुई, चाहे उन्हें इसका अनुभव हुआ हो या फिर नहीं।

आज मेरे सामने बहती माँ गंगा नदी मानो कह रही हों कि इस दिन मैं सबसे अधिक प्रसन्न और चंचल रहती हूँ। जिस तरह से श्री राम दूसरी बार धरती पर अवतरित हुए, उसमें वही दिव्यता है जब उनके पूर्वजों में से एक (राजा भगीरथ) मुझे स्वर्ग से इस धरती पर लाए थे। मां गंगा मानो कहती हैं, इसी तप और भागीरथ प्रयास से धरती पर उन्होंने मेरा अवतरण कराया।

हालांकि, वर्ष 2024 में प्रभु श्री राम का दूसरा अवतरण सूक्ष्म अवतरण था, मानो वे लोगों से धीरे से कह रहे हों "मैं यहाँ हूँ"।

बहुत से लोग स्वीकार करते हैं कि पिछले 25 वर्षों में उनके जीवन और विश्व में सकारात्मक बदलाव आया है। लोग अपने आस-पास के अन्य प्राणियों का पहले से कहीं अधिक सम्मान करने लगे। लोग नए विचारों के प्रति अधिक ग्रहणशील हो गए, वे अन्य लोगों की धार्मिक मान्यताओं और प्रथाओं के प्रति अधिक सहिष्णु (उदार) हो गए हो गए। वे अधिक समझदार हो गए और आवश्यकताओं के समय एक-दूसरे की भरपूर मदद करने लगे हैं।

यह कैसे हुआ? विश्व के लोग, विशेषकर विश्व के सभी धर्मों के धार्मिक नेता, अपने निजी दिव्य अनुभवों से अब सभी धर्मों में समानता देख सकते हैं। अब वे देख (और अनुभव कर) सकते हैं कि उपासना के सभी मार्ग एक ही स्रोत - सर्वोच्च स्रोत / सर्वोच्च निर्माता - तक जाते हैं। अब वे जानते हैं परमात्मा को अलग-अलग क्षेत्रों और धर्मों / पंथो द्वारा अलग-अलग नाम दिए गए हैं, जैसे ईश्वर, अल्लाह, इक ओंकार, गॉड, परमपिता, वाहेगुरु, जीना, Yahweh (यहोवा), Ahura Mazda (अहुरा माज़दा), Chaos (ग्रीक देवता कैओस), इत्यादि।

यह अनुभूति लोगो की सोच, दूसरों के प्रति उनके दृष्टिकोण में मौलिक बदलाव लाने में सहायक बनी। सबसे पहले, धार्मिक नेताओं को सर्वोच्च की एकत्वता की अनुभूति हुई, फिर उस समय के प्रभावशाली और शक्तिशाली लोगों को अपने अनुभवों, अनुभूतियों और दर्शन से विश्वास हुआ कि सभी मार्ग एक

सर्वोच्च स्रोत की ओर जाते हैं। वे सभी मार्ग केवल प्रथाओं, रीति रिवाजों, नियमों और मान्यताओं में भिन्न हैं - जो सहस्राब्दियों में विश्व के विभिन्न क्षेत्रों और संस्कृतियों में विकसित हुए हैं।

ये व्यापक अनुभूति विश्व भर में अपार सद्भाव, शांति लाई, और इसने कई शक्ति संघर्षों, धार्मिक और जातीय संघर्षों का हल निकाला और अंत किया।

अयोध्या में प्रभु श्री राम मंदिर की स्थापना ने करोड़ों लोगों को आध्यात्मिकता की ओर आकर्षित किया। प्राचीन भारतीय और प्राचीन एशियाई मूल्यों और ज्ञान के प्रति उनका सम्मान फिर से स्थापित हुआ। अपने धर्म या आस्था को पूर्णत्या मानते हुए भी, आज अधिक लोग श्री राम के जीवन की घटनाओं को समझते हैं, उनके गुणों और उनके समकालीनों के गुणों की ओर आकर्षित होते हैं। आज के आधुनिक विश्व के लोग उनमें और उनके कई समकालीनों में आदर्श मार्गदर्शक पाते हैं।

इससे यह भी पता चलता है कि कुछ गुण, पहलू और विशेषताएँ समय के साथ नहीं बदलती। ये कालातीत और शाश्वत हैं। ये समय बीतने के बावजूद, स्थान में बदलाव के बावजूद और संदर्भ या स्थिति में बदलाव के बावजूद भी स्थिर रहते हैं।

मौलिक मानवीय आकांक्षाएँ, विश्व व्यवस्था / प्राथमिकताओं, या रहन-सहन की स्थितियों के बदलने से नहीं बदलतीं। जो गुण

मानव स्वभाव के लिए मौलिक एवं सर्वोच्च हैं वे वैसे ही बने रहते हैं।

रामायण के दिव्य पात्रों में लोग कुछ ऐसे पात्रों को ढूंढते हैं जो उनके अधिक प्रिय हैं, वे उनके जैसा बनना चाहते हैं, उनको धारण करना चाहते हैं, उनके साथ एक होना चाहते हैं। आकांक्षा और समर्पित प्रयासों की इस प्रक्रिया में, वे प्रगति करते हैं, विकसित होते हैं और अंततः अनंत के समीप पहुंचते हैं।

ईश्वर कृपा से, भारतीय सांस्कृतिक लोकाचार के लिए स्वीकार्य मानवीय मूल्य - इन धार्मिक सीमाओं को प्राचीन ऋषियों और संतों द्वारा विकसित किया गया है।

इस बेंच पर बैठकर मां गंगा के प्रसन्नचित प्रवाह को देखते हुए, पक्षियों की चहचहाहट को सुनते हुए, नदी के किनारे टहलते हुए सैकड़ों लोगों को देखकर, मैं वर्ष 2024 में घटित उस अभिषेक के बाद इस धरती पर हुए चमत्कारों के बारे में सोच रहा हूं। पुराणों में प्रभु श्री राम को सभी देवी-देवताओं द्वारा पूजा जाता है। उनके दूसरे आगमन ने मानव के लिए एक नये आधार या धुरी की स्थापना की है। भारतीय मानस को अपने जीवन के उद्देश्य की खोज करने और धर्म, प्रेम, करुणा, सद्भाव और सभी के लिए सम्मान के सिद्धांतों पर कार्य करने के लिए प्रेरित किया है।

मर्यादा पुरूषोत्तम श्री राम के जीवन की घटनाएँ हमें मर्यादा में रहने, यानी धार्मिक सीमाओं या सार्वभौमिक परिभाषित सीमाओं में रहने के गहरे अर्थ सिखाती हैं। श्री राम के जीवन की घटनाएँ एक शिष्य, एक पुत्र, एक भाई, एक पति, एक पिता, एक मित्र, एक गुरु, एक पथिक, एक योद्धा, एक रक्षक, यहाँ तक कि एक प्रतिद्वंद्वी और कई अन्य दृष्टिकोण से उन मर्यादाओं के भीतर रहना सिखाती हैं। यही कारण है कि उन्हें पुरूषोत्तम के नाम से जाना जाता है, जिसका अर्थ है सबसे उत्तम मनुष्य।

आदिकाव्य रामायण से हमें श्री राम और माता सीता के कष्टों से भरे जीवन के बारे में पता चलता है। उनके जीवन के कुछ पहलू हैं, जो मुझे मर्यादा या संयम में रहने की शक्ति देते हैं।

जब ऋषि विश्वामित्र श्री राम और श्री लक्ष्मण को अपने आश्रम में राक्षसों (विशेषकर ताड़का) से मुक्त कराने के लिए ले गए थे, तो कहा जाता है कि आरंभ में श्री राम ने ताड़का पर तीर नहीं चलाया था क्योंकि वह स्त्री रूप में थी। ऐसी है उनके स्वभाव की महानता और सौम्यता। हालांकि, वह उस समय आसुरी शक्ति का प्रतिनिधित्व कर रही थी, जिसे मानव जाति के उत्थान के लिए शांत किया जाना था, श्री राम ने उसका वध किया।

एक अन्य अवसर पर जब श्री राम भारतीय मुख्य भूमि के सबसे दक्षिणी सिरे पर पहुँचे थे, तो उन्होंने विशाल समुद्र (इंदु सागर) से प्रार्थना की और उससे लंका के लिए रास्ता देने का अनुरोध किया। श्री राम, जो ऋषि वशिष्ठ, ऋषि विश्वामित्र, ऋषि

अगस्त्य के सबसे शक्तिशाली दिव्य अस्त्रों से सुसज्जित थे, आरंभ में उन्होंने उद्दंड समुद्र को अपनी शक्तियाँ नहीं दिखाईं। लंबी प्रतीक्षा के बाद और उनकी प्रार्थनाओं का कोई जवाब नहीं मिलने के बाद ही उन्होंने अपनी शक्ति की आंशिक झलक दिखाई।

जब मैं अन्य प्राणियों और प्रकृति के प्रति उनके प्रेम और करुणा का स्मरण करता हूं, तो कुछ घटनाएं प्रकट होती हैं। जटायु के प्रति उनके मन में जो प्रेम और करुणा थी, जो प्रेम सबरी माँ के लिए उनके मन में था, जो प्रेम उन्होंने अपनी घायल वानर सेना के प्रति दिखाया, यहाँ तक कि सबसे छोटे प्राणियों के लिए भी। जो प्रेम, करुणा और सम्मान उनके मन में अपने पिता, माताओं के लिए था, भाइयों, सीता माँ, रूद्र अवतार हनुमान जी के लिए जो प्रेम, करुणा और सम्मान उनके मन में था, वह अतुलनीय है।

ऐसा कहा जाता है कि जब श्री राम को अपने पिता, महाराज दशरथ की दुविधा के बारे में पता चला - उनकी पत्नी कैकेयी की इच्छा, जो श्री राम का राज्याभिषेक करने की उनकी अपनी इच्छा के विपरीत थी - श्री राम ने अपने पिता को उस दुविधा से मुक्त कर दिया। सबसे प्यारे, देखभाल करने वाले और सम्मान करने वाले पुत्र ने अपने पिता को उस दुविधा से मुक्त कर दिया। श्री राम ने अपने पिता महाराज से कहा कि वे अपनी इच्छा से

राजपाट छोड़कर वनवास जा रहे हैं। इस प्रकार उन्होंने अपने पिता को श्री राम को निर्वासित करने की अपार पीड़ा से बचाया।

महाबली रावण के साथ युद्ध में भी, श्री राम ने ऋषियों और देवताओं द्वारा दिए गए सबसे विनाशकारी हथियारों का उपयोग नहीं किया था क्योंकि वे लंबे समय तक विश्व को प्रभावित कर सकते थे। वह मर्यादा थी, एक स्वयं लगाई गई सीमा जो उन्होंने अपने जीवन के सबसे कठिन समय में भी दिखाई।

एक और उदाहरण जो मुझे बहुत प्रेरित करता है - वह है, जब लंका युद्ध के दौरान श्री राम को रावण के हृदय को छेदने वाला तीर चलाने के लिए कहा गया था। उन्होंने कहा कि वह ऐसा नहीं करेंगे, क्योंकि जानकी रावण के हृदय में भी निवास करती हैं, इसलिए वह अपने प्रतिद्वंद्वी के हृदय में भी उन्हें दुःख में नहीं देख सकते। यह श्री राम का माँ सीता (जानकी) के प्रति कोमल प्रेम है।

वर्ष 2024 से प्रभु श्री राम की आभा इस धरती पर लाखों-करोड़ों लोगों को, उनकी धार्मिक मान्यताओं या भौगोलिक सीमाओं के परे, प्रेरित कर रही है। वे उनका सम्मान करते हैं, उनसे प्रार्थना करते हैं, उनके गुणों के लिए उनका अनुसरण करते हैं। श्री राम सबके हैं, वह सबसे महान राजा हैं जिन्हें इस उपमहाद्वीप ने देखा है। श्री राम भूत, वर्तमान और भविष्य हैं। श्री राम अनंत हैं।

3 धन्यवाद कश्मीर

विशेष रूप से पिछले 20 वर्षों में भारतीय उपमहाद्वीप और आसपास के आसियान देशों में एक-दूसरे के बीच मज़बूत बंधन देखा गया है। ये देश, जिनमें से कुछ तो दशकों से विरोधी देश थे, एकता के भारतीय विचार (प्रकृति में सभी प्राणियों के बीच एकता, प्रेम और करुणा के भारतीय विचार) के उदय से प्रेरित हुए हैं। अब वे भारतीय जीवन शैली और सह-जीवन के साथ जुड़े हुए हैं, और पहले से कहीं अधिक भारतीय संस्कृति को महत्व देते हैं।

यह कहना उचित होगा कि जैसे इतिहास में जब भारतीय संस्कृति, एकता के विचार, ज्ञान, जीवन जीने का तरीका दक्षिण एशिया के अधिकांश हिस्सों में प्रचलित था, वही फिर से देखा जा रहा है। प्राकृतिक संसाधनों के उपयोग और पर्यावरणीय मुद्दों के समाधान के लिए स्वस्थ सह-अस्तित्व, आपसी सम्मान, और पारस्परिक सहयोग के सिद्धांतों पर वे राष्ट्र आधुनिक इतिहास में पहले से कहीं अधिक एकजुट हैं।

योग, ध्यान और श्री राम की आभा ने विश्व को एक साथ ला दिया है। कुछ चमत्कारों के कारण दो दशकों के इतने कम समय में आधुनिक विश्व की यह स्थिति हुई है। महत्वपूर्ण चमत्कार इस प्रकार हैं -

सबसे पहले, विश्व भर के धार्मिक नेताओं और विभिन्न मान्यताओं के लोगों ने अपने स्वर्गदूतों, अवतारों, दूतों, गुरुओं और भगवान के दर्शन या उनकी आवाज़ सुनने की अनुभूति की। शुरुआत में बहुत कम लोगों ने इसके बारे में खुलकर बात की, हालांकि बाद में कई लोगों ने ऐसे दृश्य और सुनवाई की सूचना दी।

मुसलमानों ने अपने सपनों में पैगंबर मुहम्मद साहब को देखने की सूचना दी, जिसमें पैगंबर ने अपनी प्रारंभिक शिक्षाओं को दोहराया था, जो अल्लाह (बनाने वाले) पर केन्द्रित है। इस्लाम का प्राथमिक संदेश ईश्वर (अल्लाह) की एकता में विश्वास है।

ईसाइयों ने ईसा मसीह को अपने सपनों में आने की अनुभूति की। उनकी शिक्षाएँ ईश्वर की एकता, प्रेम, करुणा, क्षमा, विनम्रता और सेवा के विषयों के इर्द-गिर्द घूमती हैं। प्रभु यीशु (ईसा मसीह) ने कहा कि ईश्वर एक है और वह सबसे दयालु है।

भारत के स्वदेशी पंथों में से, सिख मूल रूप से एकेश्वरवादी हैं; हालांकि, विभिन्न देवी-देवताओं को वो मानते हैं - उनको वाहे गुरु या सर्वोच्च आत्मा के अवतार के रूप में देखा जाता है, और इसलिए यह प्रणाली एकेश्वरवादी है।

जैन और बौद्ध पंथों का भगवान में विश्वास नहीं है, हालांकि जैन अनुयायी देवों और तीर्थंकरों (सर्वोच्च संतों) में विश्वास

करते हैं। भगवान महावीर चौबीसवे तीर्थंकर हैं। भगवान गौतम बुद्‌ध श्री विष्णु के नौवे अवतार माने जाते हैं।

स्वदेशी धर्मों या संप्रदायों को मानने वाले लोगों ने श्री राम, श्री कृष्ण, देवी मां, गुरु नानक देव जी, भगवान महावीर, भगवान गौतम बुद्‌ध, अन्य की अनुभूति की सूचना दी है। ये अनुभूति उनको सपनों में या चिंतन में या ध्यान के दौरान हुई।

इसी तरह, विश्व भर में लोगों ने पिछले दो दशकों में अक्सर स्वर्गदूतों, पैगम्बरों, प्राचीन ऋषियों और गुरुओं, आत्माओं और आध्यात्मिक मार्गदर्शकों के दर्शन होने की या उनकी वाणी सुनने की सूचना दी है। इन दर्शनों और वाणी से उन्हें जो सामान्य संदेश मिल रहा है वह यह है कि सभी रचनाएँ एक हैं और उनकी रचना एक सर्वोच्च आत्मा, एक निराकार सर्वोच्च शक्ति द्‌वारा की गई है, जिसे अलग-अलग लोग अलग-अलग तरह से ईश्वर या अल्लाह या इक ओंकार या वाहे गुरु, गॉड या जीना कहते हैं। वह विश्व के अलग-अलग क्षेत्रों में अवशयक्ता के अलग-अलग समय पर ईश्वर के दूत, ईश्वर के पुत्र, अवतार, आध्यात्मिक मार्गदर्शक, संत या सूफी, गुरु या आध्यात्मिक शिक्षक के रूप में विभिन्न रूपों में प्रकट होते हैं।

इन वाणी और दृश्यों का अरबों लोगों की धारणाओं पर चमत्कारी प्रभाव पड़ा है। जिस कार्य को प्राप्त करना मनुष्य के लिए अन्यथा असंभव था, उसे स्वयं सृष्टिकर्ता ने इतनी आसानी से पूरा कर दिया है।

इन दर्शनों और वाणी ने सभी को निर्देश दिया - सभी रूपों के पीछे एकता को देखने का, सृष्टिकर्ता की रचनाओं की एकता को स्वीकार करने का, विभिन्न विश्वास प्रणालियों (धर्मों या संप्रदायों या क्षेत्रों) द्वारा विकसित की गई अच्छी प्रथाओं को जारी रखने का और किसी को भी कष्ट देने वाली सोच और प्रथाओं को त्यागने का समय आ गया है। एक विश्वास प्रणाली (धर्म / संप्रदाय) की महत्ता को दूसरे पर न थोपें। ये विविध धर्म / संप्रदाय हाथ की उंगलियों की तरह हैं, हर उंगली की आवश्यकता है। प्रारंभ में इन दृश्यों को झूठे सपने या मतिभ्रम के रूप में नजरअंदाज कर दिया गया था, हालांकि जब कई अनुभवी लोगों ने सामूहिक रूप से स्वीकार किया कि ये आधुनिक विश्व के लिए ईश्वरीय निर्देश हैं, तो बहुत से लोगों का इन अनुभूतियों पर विश्वास जगा।

वर्ष *2024* के बाद कुछ ऐसी घटनाएं घटीं जिन्होंने पूरे विश्व को हमेशा के लिए बदल दिया। उदाहरण के लिए, प्रभु ईसा मसीह के लापता वर्षों (The Lost years) के बारे में चर्चा की गई। कई सरकारों, इतिहासकारों द्वारा यह जानने के लिए बड़े पैमाने पर शोध किया गया कि प्रभु ईसा मसीह 13 से 29 वर्ष की आयु तक कहाँ रहे थे। और फिर बाद में 33 वर्ष की आयु के बाद जब तक उन्होंने अपना शरीर नहीं छोड़ा, प्रभु कहाँ रहे थे।

यह शोध 21वीं सदी की एक अत्यंत आवश्यकता थी क्योंकि एक सदी से भी अधिक समय से कई दावे थे कि किशोरावस्था में प्रभु

यीशु ने पुराने सिल्क रूट (रेशम व्यापार मार्ग / Silk Route) से यात्रा की और प्राचीन भारतीय उपमहाद्वीप तक पहुंचे।

अनुसंधान को भारत, तिब्बत, अमेरिका, यूरोप और वेटिकन सहित विभिन्न सरकारों का और कई ईसाई संस्थाओं का समर्थन मिला, क्योंकि इस शोध का एक उद्देश्य पूर्व और पश्चिम को एकजुट करने के तरीकों की खोज करना भी था।

दलाई लामा ने प्राचीन तिब्बती ग्रंथों की उपलब्धता और अनुवाद का समर्थन किया, जिसमें भारत और तिब्बत में यीशु की यात्राओं का उल्लेख था। आर्टिफिशियल इंटेलिजेंस (Artificial Intelligence) ने कश्मीर, तिब्बत, नेपाल, और भारत उपमहाद्वीप के प्राचीन ग्रंथों के अनुवाद और आपसी मिलान में महत्वपूर्ण भूमिका निभाई।

ये शोध एक दशक तक किए गए, चर्च, सरकारों, धार्मिक नेताओं और शक्तिशाली पैरवीकारों और यहां तक कि विश्व के नास्तिकों द्वारा बहस और विचार-विमर्श किया गया। अंततः, आधुनिक विश्व के सच्चे एकीकरण के लिए मुख्य निष्कर्षों को स्वीकार कर लिया गया।

इस प्रकार यह स्थापित किया गया कि ईसा मसीह ने एक किशोर के रूप में भारत की यात्रा की थी। उनका मार्ग उत्तर-पश्चिम प्राचीन भारत की सीमा (वर्तमान अफगानिस्तान, पाकिस्तान) से लेकर पश्चिम में राजस्थान, गुजरात, पूर्व में

जगन्नाथ पुरी, उसके बाद उत्तर में काशी, से लेकर नेपाल, कश्मीर और तिब्बत तक था। उस समय भारत में प्रचलित विभिन्न प्रमुख धर्मों के संतों, ऋषियों और गुरुओं से योग, ध्यान, आत्म-उपचार और अन्य पूर्वी दर्शन का ज्ञान प्राप्त किया था। जैन धर्म, बौद्ध धर्म, और सनातन धर्म (जो हिंदू धर्म का शाश्वत रूप है), उनका अध्ययन किया। उन्होंने आध्यात्मिक शक्ति, ज्ञान प्राप्त किया, आत्मज्ञान प्राप्त किया और जाना की वे ईश्वर के पुत्र हैं।

भारत में ईसा मसीह को ज्ञान प्राप्त हुआ और उन्हें ईश्वर का साक्षात्कार हुआ। उन्हें एहसास हुआ कि वह ईश्वर द्वारा भेजे गए हैं, एक अवतार हैं, ईश्वर के पुत्र हैं। यीशु, या ईसा मसीह अरब क्षेत्र में अपनी मातृभूमि यरूशलेम वापस चले गए और वहां के लोगों को उपदेश दिया। यीशु ने प्रेम और करुणा के साथ उपदेश दिया और चमत्कारी स्पर्श के माध्यम से उनकी आत्माओं और शरीरों को ठीक किया।

कुछ लोग ईर्ष्यालु, असुरक्षित महसूस करते थे और वे उनकी आध्यात्मिक शक्तियों, उनकी शिक्षाओं के साथ तालमेल नहीं बिठा सके और इस तरह उनके खिलाफ साजिश रची और विश्व के दुर्भाग्य से उन्हें सूली पर चढ़ा दिया गया। हम सभी मानते हैं कि ईस्टर के दिन यीशु पुनर्जीवित हो गए थे। यह आम राय थी कि पुनरुत्थान के बाद, वह स्वर्ग (स्वर्गारोहण) के लिए प्रस्थान कर गये।

शोध के दौरान यह स्थापित हुआ कि यीशु, जो एक अवतार हैं, जिन्होंने शारीरिक पीड़ा सहन की थी, क्रॉस पर समाधि (गहरे ध्यान) की स्थिति में चले गए। पुनरुत्थान के बाद, उन्होंने वापस आने के वचन के साथ, अपने परिवार और अनुयायियों के साथ, अपना क्षेत्र छोड़ने का निर्णय लिया।

शोध के नतीजों से पता चला कि यरूशलेम से कश्मीर लौटते समय, माँ मरियम (माँ मैरी) मुर्री (पाकिस्तान में) नामक स्थान पर स्वर्गीय हुईं। (*Murree*) मुर्री उनके नाम पर ही है। प्रभु ईसा मसीह ने कश्मीर को अपना नया निवास बनाया और हमेशा यहीं रहे। कश्मीर में श्रीनगर के डाउनटाउन क्षेत्र में खानयार क्वार्टर में स्थित एक दरगाह है - रोज़ाबल। रोज़ा शब्द का अर्थ है कब्र, बल शब्द का अर्थ है स्थान। स्थानीय लोगों का मानना है कि एक यहूदी संत, युज़ आसफ़ या ईसा मसीह ने वहां पर अपने प्राण त्यागे थे। वहीं पर एक अन्य मुस्लिम संत, मीर सैय्यद नसीरुद्दीन की भी कब्र है। शंकराचार्य पहाड़ी मंदिर या सोलोमन मंदिर की दीवारों पर भी कुछ साल पहले तक ये लिखा हुआ था कि ईसा मसीह कश्मीर में रहे।

यह ध्यान रखना महत्वपूर्ण है कि कई शताब्दियों से विश्व को परेशान करने वाले तीन प्रमुख संघर्ष, 2030 और 2050 के बीच हल हो गए। आश्चर्य की बात है की समाधान कश्मीर के इतिहास में पाया गया।

सबसे पहले - जब यह तथ्य स्थापित हुआ, यीशु (प्रभु ईसा मसीह) अपने शेष मानव जीवन के लिए, अपने अनुयायियों के साथ, क्षेत्र में प्रेम और करुणा फैलाने के लिए कश्मीर में रहे। इस तथ्य की सामान्य स्वीकृति ने पश्चिम को पूर्व (भारत) के करीब ला दिया। इसने ईसाइयों और भारतीयों के आध्यात्मिक लोगों को पूरी तरह एकजुट कर दिया, क्योंकि उन्हें एक आध्यात्मिक साझा अतीत मिल गया।

दूसरे - 2500 साल पुराने इतिहास के हिसाब से यहूदियों के 10 खोए हुए कबीलों में से कुछ अफगानिस्तान और कश्मीर में आकर बस गए थे, जो समय के साथ मुसलमान धर्म अपना चुके हैं। वे मुसलमान धर्म का पूरा पालन करते हैं, पर अपनी यहूदी जड़ों को भूले नहीं हैं, वे अपनी यहूदी जड़ों के प्रति उच्च सम्मान रखते हैं। इन लोगों के धार्मिक नेता मध्यस्थ दूत बन अरब जाकर यहूदियों और मुसलमानों के प्रभावशाली धार्मिक नेताओं से मिले और वर्षों के प्रयास से वे अरब क्षेत्र के यहूदियों और मुसलमानों के बीच बुनियादी मतभेदों को सुलझाने में सफल रहे। कुछ दशक पहले तक ये असम्भव लगता था!

तीसरा मुद्दा - जो परोक्ष रूप से कश्मीर और लद्दाख द्वारा सुलझाया गया था, वह था तिब्बत पर कम्युनिस्ट चीन की अधीनता का अंत। साम्यवाद को तत्कालीन यूएसएसआर (USSR) और फिर बाद में चीन गणराज्य और कोरिया (एन) जैसे कुछ अन्य देशों द्वारा व्यवहार में विकृत किया गया था।

वर्ष 2030 के बाद, चीन के लोगों को एहसास हुआ कि एक (अपूर्ण) इंसान न तो भगवान का स्थान ले सकता है और न ही एक प्रबुद्ध आत्मा (आध्यात्मिक गुरु) का स्थान ले सकता है। इसलिए एक अपूर्ण व्यक्ति का आँख बंद करके अनुसरण नहीं किया जा सकता। लोगों को एहसास हुआ कि इंसानों में सर्वश्रेष्ठ नेता भी, अलग अलग समय पर, समान परिस्थितियों में अलग-अलग तरह से व्यवहार करते हैं और अलग-अलग निर्णय लेते हैं। वे ऐसे नेता के प्रति वफादार और मन से पूर्णतः जुड़े नहीं रह सकते। उन्होंने चीन में साम्यवाद के विचार अस्वीकार कर दिया। जब स्वतंत्र भारत 100 वर्ष का हुआ और स्वतंत्र चीन 99 वर्ष का हुआ तब तक उस भूमि से साम्यवाद हमेशा के लिए समाप्त हो चुका था। इसके फलस्वरूप साम्यवाद ने एशिया में अपनी पकड़ खो दी।

कश्मीरी मुसलमानों ने कश्मीरी हिंदुओं के पलायन के लिए माफ़ी मांगी। कश्मीर में हुआ पलायन, 1980 के दशक के अंत और 1990 के दशक की शुरुआत में कश्मीर घाटी से कश्मीरी पंडित समुदाय के जबरन विस्थापन को संदर्भित करता है; यह मुद्दा दशकों से राष्ट्रीय भावनाओं को आहत कर रहा था।

आधुनिक विश्व, कश्मीर का ऋणी है, जो ऐतिहासिक रूप से प्राचीन भारतीय मान्यता के अनुसार परमपिता ब्रह्मा के पौत्र ऋषि कश्यप की कर्म-भूमि है। वह ऋग्वेद के सात प्राचीन ऋषियों, सप्तर्षियों में से एक हैं। बृहदारण्यक उपनिषद में

सूचीबद्ध अन्य सप्तर्षियों के साथ-साथ ऋषि कश्यप सबसे प्राचीन और पूजनीय ऋषि हैं।

मां सरस्वती (मां शारदा, शक्ति का एक रूप) की भूमि कश्मीर, अपने पूर्व में कैलाश (शिव जी का स्थान) की पारंपरिक स्थान के साथ, कश्मीर विश्व का आध्यात्मिक केंद्र बन गया। (क से) कैलाश पर्वत के चार या पांच मुख्य किनारे हैं जो दक्षिण-पूर्व में (क से) काशी, दक्षिण पश्चिम में महाकालेश्वर (क से) (काल), उत्तर पश्चिम में (क से) कश्मीर और उत्तर / उत्तर पूर्व के दो किनारे तत्कालीन (क से) कम्युनिस्ट चीन और (क से) कोरिया की ओर इशारा करते हैं। पिछले दो दशकों में, *(क से)* कैलाश पर्वत ने परोक्ष रूप से पृथ्वी की समस्याओं सामंजस्यपूर्ण बनाने में अपनी अलौकिक भूमिका निभाई है।

आपने अनुभव किया की कई सदियों से विश्व को परेशान कर रहे तीन बड़े संघर्ष 2030 से 2050 के बीच कैसे सुलझ गए। इसका समाधान कश्मीर के इतिहास में मिला। मुझे कहना होगा, धन्यवाद कश्मीर।

4 भारत महारत्न

प्राचीन काल से ही विश्व पर भारत का प्रभाव रहा है। किंवदंतियाँ उन महान राजाओं के बारे में बताती हैं जिन्होंने कभी न्याय, वीरता, ज्ञान और परोपकार के साथ उपमहाद्वीप पर शासन किया था। हमारे पुराण अमर राजा महाबली के बारे में बताते हैं, जो केरल में शासन करते थे। ऐसा कहा जाता है कि महाबली का प्रभुत्व ज्ञात विश्व भर में फैला हुआ था, यहाँ तक कि स्वर्ग तक भी पहुंच गया था।

इसी तरह, श्री राम ने पूरे भारत की यात्रा की, और दिखाया कि कैसे सदाचार से सबसे कठिन समस्याओं का सामना किया जा सकता है।

महाकाव्य रामायण, अपनी विभिन्न व्याख्याओं में, कालातीत आदर्शों को मूर्त रूप देते हुए, पूरे दक्षिण एशिया में गुंजायमान है। इसी तरह, महाकाव्य महाभारत उस समय के उपमहाद्वीप के पैमाने और विस्तार को दर्शाता है। महाभारत प्राचीन भारतीय शासकों द्वारा सामना की जाने वाली चुनौतियों को दर्शाता है। भारतीय माता-पिता से पैदा हुए एक अजेय राजा, रहस्यमय कालयवन एक उदाहरण है। युन्नान, जिसे अब हम ग्रीस के रूप में जानते हैं, कालयवन वहां का राजा था और श्री कृष्ण से युद्ध करने के लिए मथुरा तक आया था। भारतीय, इंडो-यूरोपीय या

इंडो-ग्रीक इतिहास की चर्चाएं हमारी साझा विरासत के इस महत्वपूर्ण पहलू का उल्लेख नहीं करती हैं।

2030 के आसपास के वर्षों की मेरी याद में, एक महत्वपूर्ण नैतिक और ऐतिहासिक पुनर्जागरण हुआ, जिससे हमारे साझा अतीत में एक सुधारात्मक परिवर्तन आया।

एक महत्वपूर्ण ऐतिहासिक सुधार ने सदियों पुरानी गलत धारणाओं को पलट दिया, जिससे पता चला कि सिकंदर ने 326 ईसा पूर्व में भारतीय राजा पोरस या पुरु को हराया नहीं था। इसके बजाय, वह पुरु के जबरदस्त विरोध का सामना करने के बाद अपनी प्रतिष्ठा को बचाते हुए, एक अलग मार्ग से ग्रीस (युन्नान) की तरफ वापस चला गया।

इस रहस्योद्घाटन ने उसकी अजेयता की धारणा को तोड़ दिया, क्योंकि उसे विजय प्राप्त किए बिना भारत छोड़ने के लिए मजबूर होना पड़ा। सिकंदर विजयी हुआ था, ये मिथक विचार अंग्रेजों ने भारतीय विचारों को अपने अधीन करने के लिए प्रचारित किया था। यह सुधार श्री अरबिंदो द्वारा आर्य आक्रमण सिद्धांत को खारिज करने के लगभग एक शताब्दी बाद सामने आया। आर्य आक्रमण सिद्धांत को भी अंग्रेजों ने भारतीय विचारों को अपने अधीन करने के लिए प्रचारित किया था।

चंद्र गुप्त मौर्य के शासनकाल और मुगलों के प्रभुत्व के बीच, भारत में सत्ता में महत्वपूर्ण बदलाव हुए, जिनमें समृद्ध गुप्तों, महान चोलों, चेरों, पांड्यों, राष्ट्रकूटों, पल्लवों, भोज, विजयनगर राजाओं आदि का शासन शामिल था। जिसके बाद साहसी

मराठों, साहसी सिख और अदम्य राजपूत, वीर जाट और वीर अहोम का शासन आया। सहयोग और संधियों ने भारतीय परिदृश्य को सदा ही आकार दिया, जिससे भारत सर्वदा एक अखंड राष्ट्र बना रहा।

अंग्रेजों के खिलाफ भारत के प्रथम संगठित स्वतंत्रता संग्राम (1857) के विद्रोह के दमन की पीड़ा के निशान, धीरे-धीरे आध्यात्मिक पुनरुत्थान में बदल गए, जिसका शुभ आरंभ 1893 के महत्वपूर्ण वर्ष में हुआ।

1893 के आध्यात्मिक परिवर्तनकारी वर्ष में, पूर्व और पश्चिम के बीच एक महत्वपूर्ण समन्वय बनना शुरू हुआ। स्वामी विवेकानंद शिकागो में विश्व धर्म संसद में भाग लेने के लिए अमेरिका की यात्रा पर निकले, जबकि श्री अरबिंदो ब्रिटेन में अपने 14 साल के अध्ययन (जिसे उन्होंने उपहास में निर्वासन कहा था) के बाद बड़ौदा भारत लौट आए। समवर्ती रूप से, अमर आध्यात्मिक गुरु महाअवतार बाबा जी की कृपा से 1893 में गोरखपुर में एक बच्चे का जन्म हुआ, जो बड़े होकर सन्यासी परमहंस योगानंद हुए। परमहंस योगानंद एक सम्मानित आध्यात्मिक गुरु थे, जिन्होंने अमेरिका में तीन दशकों से अधिक समय रहकर, अमेरिकी निवासियों को आध्यात्मिक ज्ञान की दिशा में मार्गदर्शित किया।

स्वामी विवेकानंद और परमहंस योगानन्द की यात्राओं ने अमेरिका में आध्यात्मिक जागृति की, अमेरिकी निवासियों में पूर्वी ज्ञान की जिज्ञासा जगाई। परमहंस योगानंद का मौलिक

कार्य, "एक योगी की आत्मकथा", लगभग 100 से अधिक वर्षों से आध्यात्मिकता के कालातीत सत्य को मूर्त रूप देते हुए लाखों लोगों को प्रेरित कर रहा है।

हालिया इतिहास 20वीं सदी की गलतियों को स्वीकार करने की परिवर्तनकारी शक्ति को उजागर करता है। जापान और जर्मनी जैसे विकसित देश, द्वितीय विश्व युद्ध के अत्याचारों में अपनी भूमिका के लिए, माफ़ी मांगने के बाद अपराध बोध की छाया से उभरे। इसी तरह, इटली ने अपने फासीवादी अतीत के लिए माफ़ी मांगने के बाद अपने आप को अपराध बोध से मुक्त किया, और विकास और समृद्धि की एक नई राह अपनाई।

इसी तरह, भारत ने (*pseudo*) छद्म-गांधीवादी शख्सियतों की विरासत को खारिज करके और अपने स्वतंत्रता आंदोलन की सच्ची भावना को अपनाकर, अपनी गलतियों को सुधारना शुरू किया। विशेष रूप से 2020 के बाद, राष्ट्र ने अपने सभी स्वतंत्रता सेनानियों का सम्मान किया। 1757-1947 में देश को ब्रिटिश शासन से मुक्त कराने में उनकी महत्वपूर्ण भूमिका को पहचानते हुए, भारत ने अपने स्वतंत्रता सेनानियों के प्रति एक नई श्रद्धा को अपनाया। जनता की जागृति ने दशकों के धोखे का खुलासा किया, परिवर्तन के लिए सामूहिक संकल्प को बढ़ावा मिला।

भारत ने बीती शताब्दी के कुछ प्रमुख नेताओं के गुणों को अपनाया - इन नेताओं के मूल्यवान गुणों को अपनाया:

महात्मा गांधी का आत्म-संयम और स्वच्छता पर जोर, रामराज्य की कल्पना को; समानता और न्याय के लिए डॉ. अम्बेडकर की वकालत को; और राष्ट्र को एकजुट करने और राष्ट्र प्रेम की प्रेरणा जगाने में नेताजी सुभाष बोस का करिश्मा अपनाया।

बीसवीं सदी में इन विशेषताओं ने भारतीय परंपरा के साथ प्रगति को मिश्रित करते हुए युवा भारत का आधार बनाया। आज का एकीकृत भारत अनगिनत लोगों के बलिदान और दिग्गजों के मार्गदर्शन का प्रमाण है, जिन्होंने 20वीं सदी में युवा भारत का पथ प्रदर्शन किया और एक जीवंत और लोकतांत्रिक राष्ट्र की नींव रखी।

इक्कीसवीं सदी के भारत की कल्पना इसके आध्यात्मिक और सांस्कृतिक सार के एकीकरण के बिना अधूरी है, जो ऋषि वशिष्ठ, विश्वामित्र, वाल्मिकी, अगस्त्य और व्यास जैसे प्राचीन संतों और ऋषियों द्वारा सहस्राब्दियों से चली आ रही है। इन प्राचीन शिक्षाओं में, स्वामी विवेकानंद, श्री अरबिंदो और परमहंस योगानंद जैसे आधुनिक ऋषि व्यक्तिगत और सामूहिक ज्ञान की दिशा में मार्ग प्रशस्त करते हुए महान व्यक्तित्व के रूप में खड़े हैं। इन आध्यात्मिक गुरुओं का ज्ञान एक मार्गदर्शक प्रकाश के रूप में कार्य करता है, जो भारत को आध्यात्मिक ज्ञान और सांस्कृतिक समृद्धि के प्रतीक के रूप में अपनी नियति की ओर प्रेरित करता है।

वर्ष 1893 में न केवल महान आत्माओं का अभिसरण हुआ, बल्कि सत्य और धार्मिकता की खोज में आत्म-साक्षात्कार और वैश्विक नेतृत्व की दिशा में भारत की शाश्वत यात्रा में एक नए अध्याय की शुरुआत भी हुई।

वर्ष 1893 के महत्वपूर्ण वर्ष में तीन आधुनिक संतों का अभिसरण भारत के आध्यात्मिक और सांस्कृतिक विकास में एक महत्वपूर्ण मोड़ था। स्वामी विवेकानंद, श्री अरबिंदो और परमहंस योगानंद - भारत के मार्गदर्शक और पथप्रदर्शक के रूप में इन प्रबुद्ध प्राणियों को नवीन राष्ट्र की नींव रखने का काम ईश्वर द्वारा सौंपा गया था। उनके साथ स्वामी नारायण, स्वामी दयानंद सरस्वती, श्री रामकृष्ण परमहंस, लाहिड़ी महाशय, नीम करोली बाबा, आनंदमयी माँ, शिरडी साईं बाबा, श्री रमण महर्षि सहित अनेक श्रद्धेय हस्तियों, अतीत और समकालीन ऋषियों और ईश्वर-अनुभव आध्यात्मिक मार्गदर्शकों का एक समूह परोक्ष रूप से खड़ा था।

इन विभूतियों में त्रिकालदर्शी श्री अरबिंदो समय के पार दृष्टि से धन्य, प्राचीन ऋषियों के समान है। श्री अरबिंदो, जिन्हें एक समय अंग्रेजों ने सबसे खतरनाक स्वतंत्रता सेनानी घोषित किया था, 1905 से 1908 तक कांग्रेस के एक प्रमुख नेता के रूप में प्रतिष्ठित थे। श्री अरबिंदो के ज्ञान और दृष्टि का सम्मान गुरुदेव रवींद्रनाथ टैगोर, बाल गंगाधर तिलक, बिपिन चंद्र पाल, देशबंधु चितरंजन दास और अन्य समकालीन दिग्गजों करते। उन्हें, नेताजी सुभाष चंद्र बोस राष्ट्रीय सेवा के अपने लक्ष्य में मार्गदर्शक मानते थे।

श्री अरबिंदो ने 1908-09 में अलीपुर जेल में अपने कारावास के दौरान श्री कृष्ण के दिव्य दर्शन से प्राप्त दिव्य निर्देश से प्रेरित होकर, भारत के प्राचीन ग्रंथों, दर्शन और ज्ञान को स्पष्ट करने के लिए माँ भारती की सेवा में अपने आप को पूर्णतया समर्पित कर दिया। श्री कृष्ण ने उनको दर्शन देकर कहा था कि तुमको मेरा वो कार्य करना है जो भारत की स्वतंत्रता के बाद भारत और विश्व के उत्थान के लिए उपयोगी होगा।

1910 से 1950 के चार दशकों में भारत के प्राचीन दर्शन और ज्ञान पर उन्होंने 36 ग्रंथ लिखे। उन्हें स्वतंत्र भारत के पहले राष्ट्रपति पद की पेशकश की गई थी, लेकिन उन्होंने विनम्रतापूर्वक यह कहकर अस्वीकार कर दिया कि उनका जीवन ध्येय किसी भी पद या उपाधि से परे है।

वर्ष 2022 में, भारत ने श्री अरबिंदो की 150वीं जयंती मनाई और यह वर्ष उनकी शिक्षाओं और अंतर्दृष्टि के प्रसार के लिए समर्पित किया गया था। उनकी विरासत आध्यात्मिक रोशनी के प्रतीक के रूप में कायम है, जो भारत और विश्व को बेहतर समझ, सद्भाव और ज्ञान की ओर मार्गदर्शन करती है।

वर्ष 2047 में, भारत ने एक नए नागरिक पुरस्कार की स्थापना करके एक महत्वपूर्ण बदलाव किया। वो अपनी तरह का सबसे बड़ा पुरस्कार है, जिसका नाम भारत महारत्न है। यह सम्मान 20वीं सदी की छह प्रमुख हस्तियों को श्रद्धांजलि के रूप में दिया गया, उन्होंने भारत के लोगों और सरकार दोनों का गहन मार्गदर्शन और ज्ञानवर्धन किया था।

भारत महारत्न के उद्घाटन प्राप्तकर्ता महात्मा गांधी, डॉ. बी.आर.अम्बेडकर और नेताजी सुभाष चंद्र बोस रहे। सामाजिक एकीकरण और नैतिक मूल्यों के उत्थान में उनकी महत्वपूर्ण भूमिकाओं के लिए कृतज्ञ भारत ने उनको परम सम्मान दिया।

स्वामी विवेकानंद, श्री अरविन्द और योगानन्द परमहंस को देश और विश्व के आध्यात्मिक मार्गदर्शन के लिए सर्वोच्च सम्मान से सम्मानित किया गया। ऐसी आत्मसाक्षात्कारी आत्माओं के लिए उपाधियाँ अनावश्यक हैं, फिर भी हार्दिक कृतज्ञता हेतु उनका निरंतर आशीर्वाद पाने के लिए, राष्ट्र उन्हें श्रद्धांजलि देने के लिए एकजुट हुआ। इस प्रकार, लोग इन विभूतियों के प्रति अपनी सच्ची श्रद्धा अर्पित करने के लिए एक साथ आये।

जैसे-जैसे भारत 21वीं सदी में आगे बढ़ रहा है, यह अपने अतीत की विरासत को अपना रहा है। करुणा और ज्ञान से युक्त भविष्य की दिशा में आगे बढ़ रहा है।

5 शिक्षा प्रणाली में आदर्श परिवर्तन

डॉ. एपीजे अब्दुल कलाम ने अपनी पुस्तक इग्नाइटेड माइंड्स में उल्लेख किया था, "शिक्षा के साथ अध्यात्म को भी जोड़ना होगा। आत्मबोध ही केन्द्र बिन्दु है। हममें से प्रत्येक को अपने उच्च स्व के प्रति जागरूक होना चाहिए। हम महान अतीत से भव्य भविष्य की कड़ियाँ हैं। हमें अपनी सुप्त आंतरिक ऊर्जा को प्रज्वलित करना चाहिए और उसे अपने जीवन का मार्गदर्शन करने देना चाहिए। रचनात्मक प्रयासों में लगे ऐसे बुद्धिशाली लोगों की चमक इस देश में शांति, समृद्धि और आनंद लाएगी"। सौभाग्यवश पिछले 30 वर्षों में इसे व्यवहार में लाया गया।

प्राचीन भारत में व्यक्ति को नैतिक आधार वाला, दूसरों, प्रकृति और राष्ट्र के प्रति दया (प्रेम) रखने वाला व्यक्ति बनाने के लिए शिक्षा दी जाती थी।

आज मैं अपनी बेंच (अपने निजी बोधि वृक्ष) पर आया हूँ। आज बसंत पंचमी है, बसंत महीने का पाँचवाँ दिन। इस शुभ दिन पर, देवी सरस्वती, जिन्हें देवी शारदा माँ के नाम से भी जाना जाता है, की पूजा की जाती है। समाज के सभी वर्गों के लोग विद्या,

बुद्धिमत्ता और ज्ञान की प्रतीक देवी सरस्वती की पूजा करते हैं, सच्ची प्रगति के मार्ग पर चलने के लिए उनका मार्गदर्शन माँगते हैं।

छोटे बच्चों वाले परिवार, इस दिन एक विशेष अनुष्ठान में भाग लेते हैं। वे अपने नन्हे-मुन्नों को पवित्र शब्दांश "ओम" या अपनी मातृभाषा के "प्रारंभिक वर्ण" को चावल /अनाज के दाने, गेहूं / अनाज के आटे, स्लेट या नोटबुक पर लिखने के लिए प्रोत्साहित करते हैं। ये एक प्राचीन पारिवारिक परंपरा है, जिसका उद्देश्य मां सरस्वती की उदार दृष्टि के अंतर्गत बच्चे के साक्षरता यात्रा की शुभ आरंभ का प्रतीक है।

20वीं सदी में, आधुनिक शिक्षा ने संवेदी विकास पर कम ज़ोर दिया। इसके बजाय तार्किक और विश्लेषणात्मक क्षमताओं को निखारने और रटकर याद करने को प्राथमिकता देने पर ध्यान केंद्रित किया। हालांकि इस दृष्टिकोण की अपनी खूबियां थीं, इसने मुख्य रूप से ब्रिटिश राज के दौरान मानव संसाधन विकास के औपनिवेशिक एजेंडे को जारी रक्खा, जिसमें उच्च बुद्धि भागफल (आईक्यू) और मजबूत स्मृति प्रतिधारण वाले व्यक्तियों को महत्व दिया गया था।

हालांकि, 21वीं सदी में, विशेष रूप से भारत में शैक्षिक प्रतिमानों में परिवर्तन आया। नई शिक्षा नीति 2020 (एनईपी 2020) ने व्यक्तिगत विकास, स्थानीयकृत शिक्षण विधियों और बच्चे के पर्यावरण के लिए प्रासंगिक विश्लेषणात्मक कौशल को बढ़ावा देने पर ध्यान केंद्रित किया। मातृभाषा में शिक्षण की वकालत

और समग्र दृष्टिकोण का पोषण करके, एनईपी 2020 का उद्देश्य छात्रों को वास्तविक जीवन स्थितियों में ज्ञान को प्रभावी ढंग से लागू करने के लिए सशक्त बनाना है।

शिक्षा में इस मूलभूत बदलाव ने विविध सामाजिक-आर्थिक पृष्ठभूमि से आने वाले बच्चों के लिए सीखने का समान अवसर प्रदान किया। मातृभाषा शिक्षा को अपनाने से, बच्चे पाठ को बेहतर ढंग से समझने, आत्मसात करने, विश्लेषण करने और जीवन में उतारने में सक्षम हुए। केवल याद रखने के बजाय व्यावहारिक कौशल को बढ़ावा दिया गया। शिक्षा के महत्व और तरीकों पर *1920* के ग्रंथ में श्री अरबिंदो और द मदर द्वारा स्पष्ट किए गए तीन मुख्य सिद्धांतों से एनईपी *2020* ने प्रेरणा ली।

पहला सिद्धांत प्रचलित शिक्षण विधि ज्को चुनौती देता है - यह दावा करते हुए कि सही अर्थों में कुछ भी नहीं सिखाया जा सकता है, यह सुझाव देता है कि प्रत्येक बच्चे में जन्मजात क्षमताएं और बुद्धिमत्ता होती है, जिसे संवेदी धारणा और तार्किक तर्क के माध्यम से निखारा जाता है। सही वातावरण और मार्गदर्शन मिलने पर, बच्चे व्यवस्थित रूप से ज्ञान और अनुभव को सार्थक समझ में संश्लेषित कर सकते हैं।

दूसरा सिद्धांत एक समावेशी और पोषण पूर्ण सीखने के माहौल की वकालत करता है, जिसमें प्रत्येक बच्चे को खोज करने, सवाल करने और अपनी गति से बढ़ने के लिए प्रोत्साहित किया जाता है। वास्तविक जिज्ञासा और आलोचनात्मक सोच को

बढ़ावा देने, छात्रों को उनके झुकाव के अनुरूप विकल्प चुनने के लिए सशक्त बनाने के पक्ष में दिया गया है।

तीसरा सिद्धांत परिचित से अमूर्त की ओर बढ़ते हुए, शिक्षण में संबंधित उदाहरणों का उपयोग करने के महत्व को रेखांकित करता है। श्री अरबिंदो ने कहा कि उदाहरण निकट से दूर तक होने चाहिए। बच्चे के तत्कालीन परिवेश में अवधारणाओं को प्रासंगिक बनाकर, शिक्षक गहरी समझ और जुड़ाव की सुविधा प्रदान करते हैं। यह स्थानीयकृत दृष्टिकोण / व्यावहारिक समझ को बढ़ावा देता है। यह दृष्टिकोण छात्रों को वास्तविक विश्व में व्यावहारिक रूप से सशक्त बनाता है।

संक्षेप में, एनईपी 2020 समग्र शिक्षा की दिशा में एक आदर्श बदलाव का प्रतीक है, जो न केवल बुद्धि, बल्कि भावनात्मक बुद्धिमत्ता और व्यावहारिक कौशल का भी पोषण करता है। स्वदेशी ज्ञान को अपनाने और अनुकूल सीखने के माहौल को बढ़ावा देकर, यह प्रत्येक बच्चे को अपनी पूरी क्षमता का एहसास करने और समाज में सार्थक योगदान देने के लिए सशक्त बनाता है।

अपनी बेंच पर बैठकर, मुझे श्री अरबिंदो और श्री माँ (द मदर) द्वारा बच्चों की शिक्षा पद्धति पर विश्व के साथ साझा किए गए गहन ज्ञान का स्मरण होता है। फरवरी 1951 में प्रकाशित ज्ञान का हिंदी अनुवाद प्रस्तुत है।

मनुष्य की शिक्षा जन्म से शुरू होनी चाहिए और जीवन भर चलती रहनी चाहिए। वास्तव में, यदि हम चाहते हैं कि इस

शिक्षा का अधिकतम परिणाम हो, तो इसे जन्म से पहले ही शुरू कर देना चाहिए; यह माँ है जो दोहरी कार्रवाई के माध्यम से इस शिक्षा को आगे बढ़ाती है: पहला, अपने सुधार के लिए खुद पर, और दूसरा, उस बच्चे पर जिसे वह शारीरिक रूप से तैयार कर रही है। क्योंकि यह निश्चित है कि जन्म लेने वाले बच्चे का स्वभाव बहुत हद तक उसे बनाने वाली मां, उसकी आकांक्षाओं और इच्छाशक्ति के साथ-साथ उस भौतिक परिवेश पर निर्भर करता है जिसमें वह रहती है।

यह देखना कि माँ के विचार हमेशा सुंदर और शुद्ध हों, उसकी भावनाएँ हमेशा महान हों, उसका भौतिक परिवेश यथासंभव सामंजस्यपूर्ण और सादगी से भरा हो - यह शिक्षा का वह हिस्सा है जो माँ पर भी लागू होना चाहिए। और यदि उसके पास बच्चे को उच्चतम आदर्श के अनुसार तैयार करने की सचेत और निश्चित इच्छा है, तो सबसे अच्छी स्थितियाँ प्राप्त की जाएंगी ताकि बच्चा अपनी अधिकतम क्षमताओं के साथ विश्व में आ सके। इस तरह कितने कठिन प्रयासों और व्यर्थ जटिलताओं से बचा जा सकेगा!

पूर्ण होने के लिए शिक्षा में मनुष्य की पाँच प्रमुख गतिविधियों के अनुरूप पाँच प्रमुख पहलू होने चाहिए: शारीरिक, भावनात्मक, मानसिक, आत्मिक और आध्यात्मिक। आमतौर पर, शिक्षा के ये चरण कालानुक्रमिक रूप से व्यक्ति के विकास का अनुसरण करते हैं; हालाँकि, इसका मतलब यह नहीं है कि उनमें से एक को

दूसरे की जगह लेनी चाहिए, बल्कि यह कि सभी को अपने जीवन के अंत तक एक-दूसरे को पूरा करते हुए जारी रखना चाहिए।

हम शिक्षा के इन पांच पहलुओं और उनके अंतर्संबंधों का एक-एक करके अध्ययन करने का प्रस्ताव करते हैं। लेकिन इससे पहले कि हम विषय के विवरण में प्रवेश करें, मैं माता-पिता को एक सिफारिश करना चाहता हूं। अधिकांश माता-पिता, विभिन्न कारणों से, बच्चों को दी जाने वाली सच्ची शिक्षा के बारे में बहुत कम सोचते हैं। जब उन्होंने एक बच्चे को विश्व में लाया है, उसे भोजन प्रदान किया है, उसकी विभिन्न भौतिक आवश्यकताओं को पूरा किया है और उसके स्वास्थ्य की कमोबेश सावधानीपूर्वक देखभाल की है, तो वे सोचते हैं कि उन्होंने अपना कर्तव्य पूरी तरह से निभाया है। बाद में वे उसे स्कूल भेजेंगे और उसकी शिक्षा की जिम्मेदारी शिक्षकों को सौंपेंगे।

ऐसे अन्य माता-पिता भी हैं जो जानते हैं कि उनके बच्चों को शिक्षित किया जाना चाहिए और जो वे कर सकते हैं वह करने का प्रयास करते हैं। लेकिन बहुत कम लोग, यहां तक कि उनमें से जो सबसे अधिक गंभीर और ईमानदार हैं, जानते हैं कि एक बच्चे को शिक्षित करने में सक्षम होने के लिए सबसे पहली चीज खुद को शिक्षित करना है, जागरूक बनना है और खुद का स्वामी बनना है ।

क्योंकि सबसे बढ़कर उदाहरण के द्वारा ही शिक्षा प्रभावशाली बनती है। किसी बच्चे को अच्छे शब्द बोलने और बुद्धिमानी भरी सलाह देने का बहुत कम प्रभाव पड़ता है, यदि कोई स्वयं उसे उसकी शिक्षा का उदाहरण न दे। ईमानदारी, सरलता, साहस, निःस्वार्थता, धैर्य, धीरज, दृढ़ता, शांति, आत्म-संयम ये सभी चीजें हैं जो सुंदर भाषणों की तुलना में उदाहरण के द्वारा कहीं अधिक बेहतर तरीके से सिखाई जाती हैं।

माता-पिता, एक उच्च आदर्श रखें और हमेशा उसके अनुसार कार्य करें और आप देखेंगे कि धीरे-धीरे आपका बच्चा अपने आप में इस आदर्श को प्रतिबिंबित करेगा और अनायास ही उन गुणों को प्रकट करेगा जिन्हें आप उसके स्वभाव में व्यक्त होते देखना चाहते हैं। स्वाभाविक रूप से एक बच्चे के मन में अपने माता-पिता के प्रति सम्मान और प्रशंसा होती है; जब तक वे बिल्कुल अयोग्य न हों, वे हमेशा उनके बच्चे को देवताओं के रूप में दिखाई देंगे जिनकी वह यथासंभव सर्वोत्तम नकल करने की कोशिश करेगा।

बहुत कम अपवादों को छोड़कर, माता-पिता को अपने दोषों, आवेगों, कमजोरियों और आत्म-नियंत्रण की कमी का उनके बच्चों पर पड़ने वाले विनाशकारी प्रभाव के बारे में पता नहीं है। यदि आप चाहते हैं कि कोई बच्चा आपका सम्मान करे, तो अपने प्रति सम्मान रखें और हर पल सम्मान के योग्य बनें। कभी भी सत्तावादी, निरंकुश, अधीर या गुस्सैल न बनें। जब

आपका बच्चा आपसे कोई प्रश्न पूछता है, तो उसे यह कहकर मूर्खतापूर्ण उत्तर न दें कि वह आपको नहीं समझ सकता। यदि आप पर्याप्त प्रयास करते हैं तो आप बच्चों को मुश्किल बात भी समझा सकते हैं।

प्रारंभिक जीवन में, जब तक वह बारह या चौदह वर्ष का नहीं हो जाता, बच्चे का दिमाग अमूर्त धारणाओं और सामान्य विचारों के लिए मुश्किल से ही खुला होता है। आप उसे ठोस छवियों, प्रतीकों या दृष्टांतों का उपयोग करके इन चीज़ों को समझने के लिए प्रशिक्षित कर सकते हैं। बहुत अधिक उम्र तक कुछ लोगों के लिए, जो मानसिक रूप से हमेशा बच्चे ही बने रहते हैं, अच्छी तरह से बताई गई एक कहानी किसी भी सैद्धांतिक व्याख्या से कहीं अधिक सिखाती है।

एक और नुकसान से बचना चाहिए: अपने बच्चे को बिना किसी अच्छे कारण के डांटें नहीं और केवल तभी डांटें जब यह बहुत अपरिहार्य हो। जिस बच्चे को अक्सर डांटा जाता है, वह डांटने के प्रति कठोर हो जाता है और अब शब्दों या स्वर की गंभीरता को अधिक महत्व नहीं देता है। और सबसे बढ़कर, इस बात का ध्यान रखें कि जो गलती आपने खुद की हो, उसके लिए उसे कभी न डांटें। बच्चे बहुत उत्सुक और स्पष्ट दृष्टि वाले पर्यवेक्षक होते हैं; वे जल्द ही आपकी कमजोरियों का पता लगा लेते हैं और बिना दया किए उन्हें नोट कर लेते हैं।

जब किसी बच्चे ने कुछ गलत किया हो, तो देखें कि वह अनायास और स्पष्ट रूप से आपके सामने अपराध स्वीकार कर ले; और जब वह स्वीकार कर ले, तो दयालुता और स्नेह के साथ उसे समझाएं कि उसके गतिविधि /आचरण में क्या गलत था? ताकि वह इसे दोहराए नहीं, लेकिन उसे कभी डांटे नहीं; स्वीकार की गई गलती को हमेशा क्षमा करना चाहिए। आपको अपने और अपने बच्चे के बीच किसी भी प्रकार के डर को नहीं आने देना चाहिए; डर शिक्षा का एक हानिकारक साधन है: यह हमेशा धोखे और झूठ को जन्म देता है। केवल एक समझदार स्नेह, जो दृढ़ लेकिन कोमल है, और पर्याप्त व्यावहारिक ज्ञान ही विश्वास के बंधन बनाएगा जो आपके बच्चे को प्रभावी ढंग से शिक्षित करने में सक्षम होने के लिए अपरिहार्य हैं। और यह मत भूलिए कि आपको अपने कार्य में समान होने के लिए लगातार खुद पर नियंत्रण रखना होगा और वास्तव में उस कर्तव्य को पूरा करना होगा जो आप अपने बच्चे को विश्व में लाने के तथ्य के कारण करते हैं।

एनईपी 2020 नीति एक आदर्श बदलाव थी, इसे अच्छी तरह से समझने, लागू करने में समय लगा और परिणाम 2030 से पहले दिखाई नहीं दे रहे थे। वे लगभग 200 साल पुरानी शिक्षा प्रणाली (जिसकी नींव अंग्रेजों द्वारा स्थापित भारतीय शिक्षा अधिनियम 1835 में थी) को चुनौती देने वाले प्रारंभिक वर्ष थे। 2030 के बाद नीति कार्यान्वयन ने फल देना शुरू कर दिया, जैसा कि मैं आज 2050 में स्पष्ट रूप से देखता हूं।

प्रतिमान परिवर्तन के कुछ उदाहरण इस प्रकार हैं: स्कूलों में कक्षा 1 से 12 तक के पाठ्यक्रम में, संस्कृत, योग और ध्यान के विषयों को शैक्षिक ढांचे में एकीकृत किया गया था। केवल एक धार्मिक भाषा के रूप में देखे जाने से दूर, संस्कृत को उस भाषाई आधार के रूप में प्रतिष्ठित किया गया जिससे कई भारतीय भाषाएँ विकसित हुईं। इसके प्राचीन ग्रंथ गहन ज्ञान के सम्मानित भंडार हैं, जो मानव पूर्णता, आत्म-बोध और आध्यात्मिक ज्ञान की प्राप्ति में अंतर्दृष्टि प्रदान करते थे। यह धारणा कायम रही कि संस्कृत में निहित ज्ञान में सांस्कृतिक विरासत, या संस्कृति को फिर से जीवंत करने की परिवर्तनकारी क्षमता थी, जो समय के साथ कम हो गई थी। ज्ञान के इस भंडार को राष्ट्र की घटती संस्कृति या सांस्कृतिक लोकाचार को फिर से जीवंत करने में सक्षम माना गया।

समवर्ती रूप से, योग और ध्यान ने भौगोलिक या सांस्कृतिक सीमाओं को पार कर एक पूर्ण और संतुलित जीवन को सुविधाजनक बनाने की क्षमता के लिए सार्वभौमिक रूप से अपनाई जाने वाली प्रथा बन गई है। स्कूली पाठ्यक्रम में उनके समावेश ने न केवल शारीरिक कल्याण में बल्कि छात्रों के बीच मानसिक स्पष्टता और भावनात्मक लचीलापन को बढ़ावा देने में भी महत्वपूर्ण भूमिका निभाई। इन सदियों पुराने विषयों को अपनाकर, भारतीय स्कूलों ने छात्रों में व्यक्तिगत विकास के लिए एक समग्र दृष्टिकोण स्थापित करने की कोशिश की, उन्हें उद्देश्य और लचीलेपन के साथ जीवन जीने के लिए उपकरणों से लैस किया।

पाठ्यक्रम का पुनर्गठन और पाठ्य पुस्तकों का पुनर्लेखन भारत की समृद्ध ऐतिहासिक विरासत को शैक्षिक ढांचे में शामिल करने के एक ठोस प्रयास का प्रतिनिधित्व करता है। प्रत्येक विषय को भारत के योगदान के मनोवृत्ति से प्रस्तुत किया गया, जिससे युवा शिक्षार्थियों को मानव ज्ञान और सभ्यता के विकास का पता लगाने का मौका मिला। पाठ्यक्रम में व्यापक बदलाव किया गया, विभिन्न विषयों में भारत के ऐतिहासिक योगदान को शामिल करने के लिए पाठ्य पुस्तकों को सावधानीपूर्वक संशोधित किया गया। बच्चों को अब इस तरह के तथ्यों में लिपटे निहित स्वार्थों की शिक्षा नहीं दी जाती - "कुछ सौ साल पहले तक इंसान सोचता था कि पृथ्वी चपटी है और अगर हम इसके किनारे पर जाएंगे तो हम गिर सकते हैं।"

भारत के योगदान के विकास क्रम को स्पष्ट करके, यानी सभी विषयों को समग्रता में पढ़ने से बच्चों को, बिंदुओं को जोड़ने, प्रवाह का निर्माण करने और विषयों में प्राचीन और आधुनिक भारत के योगदान के प्रति सम्मान विकसित करने में मदद मिली। सभी स्कूली विषयों में प्राचीन अतीत (भारत के) के निष्कर्षों से लेकर आधुनिक खोजों और विकासों से जुड़कर विषयों को पढ़ाया जाने लगा। इस प्रकार शिक्षकों ने युवा शिक्षार्थियों में नवाचार और प्राचीन भारतीय ज्ञान की गहन विरासत के प्रति गहरी रुचि पैदा की।

इसके अलावा, सभी विषयों की परस्पर संबद्धता पर जोर देते हुए एक नवीन शैक्षणिक दृष्टिकोण अपनाया गया। विविध क्षेत्रों का समग्र रूप से अध्ययन करके, छात्रों को विविध पैटर्न को

समझने, संबंध बनाने और विश्व की समझ विकसित करने के लिए प्रोत्साहित किया गया। इस अंतःविषय दृष्टिकोण ने न केवल बौद्धिक जिज्ञासा को बढ़ावा दिया बल्कि प्राचीन भारतीय सभ्यता के स्थायी योगदान के लिए गहरा सम्मान भी पैदा किया। हाई स्कूल या सीनियर सेकेंडरी स्कूलों से स्नातक होने के दौरान छात्र उच्च अध्ययन या अनुसंधान के लिए अधिक तैयार थे।

इन पाठ्यचर्या परिवर्तनों के अलावा, छात्रों की स्कूल डायरियाँ, पश्चिमी और भारतीय दोनों परंपराओं से प्राप्त कहावतों के एक उदार मिश्रण से सुशोभित थे। इस संयोजन का उद्देश्य छात्रों के दृष्टिकोण को व्यापक बनाना, सांस्कृतिक बहुलवाद की भावना को बढ़ावा देना और प्राचीन भारत की समृद्ध विरासत में गहरे गौरव को बढ़ावा देना था।

सामूहिक रूप से, ये पहल शिक्षा के पारंपरिक प्रतिमानों को पार करती है, जिससे शिक्षार्थियों की एक ऐसी पीढ़ी को बढ़ावा मिलता है जो न केवल शैक्षिक ज्ञान से सुसज्जित है बल्कि जीवन की जटिलताओं को उद्देश्य और लचीलेपन के साथ नेविगेट करने के लिए आवश्यक ज्ञान और अंतर्दृष्टि से भी सुसज्जित है।

भारी स्कूल बैग के कारण होने वाले तनाव को पहचानते हुए, शैक्षिक अधिकारियों ने दैनिक समय सारिणी में महत्वपूर्ण बदलाव किया। अधिक प्रबंधनीय भार को शामिल करने के लिए छात्रों के शेड्यूल को नया रूप दिया गया, जिसमें ग्रेड स्तर और

विषय वस्तु की जटिलता के अनुरूप कक्षाओं (अवधि) की संख्या 3 से 6 प्रति दिन तक कर दी गई। प्रत्येक कक्षा (अवधि) को एक घंटे की अवधि तक बढ़ाया गया। इस पुनर्गठन का उद्देश्य 30 से 40 मिनट तक चलने वाली छोटी कक्षा अवधि की अपर्याप्तताओं को दूर करना था, जिन्हें व्यापक शिक्षा के लिए अपर्याप्त माना जाता था। कई बोर्डों ने नो होमवर्क को नीति के रूप में अपनाया है।

प्राचीन भारतीय ज्ञान में निहित समय-परीक्षण शैक्षिक प्रथाओं से प्रेरणा लेते हुए, शिक्षकों ने प्रत्येक दिन कम विषयों को पढ़ाने की अवधारणा को अपनाया, आदर्श रूप से पूरे सप्ताह में वितरित किया गया। इस समायोजन ने गहरी समझ को बढ़ावा देने और अनुभवात्मक सीखने के अवसरों के लिए जगह बनाने का प्रयास किया। प्रत्येक विषय के लिए अधिक समय आवंटित होने से, छात्रों को सामग्री में गहराई से अन्वेषण और तल्लीनता का अवसर मिला। इस गहन दृष्टिकोण ने छात्रों को सामग्री के साथ अधिक सार्थक ढंग से जुड़ने में सक्षम बनाया, जिससे पढ़ाए गए विषयों की समझ और सराहना बढ़ी।

इस बदलाव का लाभ भौतिक क्षेत्र से परे था, क्योंकि इससे छात्रों पर संज्ञानात्मक बोझ भी कम हुआ। चिंतन, चर्चा और अवधारणाओं के व्यावहारिक अनुप्रयोग के लिए पर्याप्त समय प्रदान करके, नए शेड्यूल ने अधिक संतुलित और प्रभावी शिक्षण अनुभव को बढ़ावा दिया। छात्रों को अपनी पढ़ाई में गहराई से उतरने, आलोचनात्मक सोच कौशल और सीखने के लिए वास्तविक जुनून पैदा करने के लिए प्रोत्साहित किया गया।

अंततः, समय सारिणी का पुनर्गठन छात्रों की भलाई और शैक्षणिक सफलता को प्राथमिकता देते हुए शिक्षा के लिए एक समग्र दृष्टिकोण का प्रतिनिधित्व करने लगा।

इसके अतिरिक्त, ग्रामीण क्षेत्रों में गुणवत्तापूर्ण शिक्षा प्राप्त करने के लिए निम्नलिखित उपाय किए गए। यह सुनिश्चित किया गया कि भारत भर के सभी छह लाख गाँव कुशल शिक्षकों वाले उच्च गुणवत्ता वाले उच्च माध्यमिक या व्यावसायिक स्कूलों से सुसज्जित हों। इसके अतिरिक्त, यह लागू किया गया कि इनमें से प्रत्येक ग्रामीण शिक्षण संस्थान दिन के विभिन्न घंटों में वयस्क शिक्षा कार्यक्रमों की मेजबानी करेगा।

इस ऐतिहासिक मिसाल के अनुरूप, ग्राम पंचायतों के अधिकार क्षेत्र के तहत आने वाले स्कूलों मैं ही कॉमन सर्विस सेंटर (CSC सीएससी /सुविधा केन्द्र) की स्थापना के द्वारा आधुनिक सामुदायिक केंद्रों के समान भूमिका निभाने के लिए विस्तार दिया गया। यानी की स्कूल और सुविधा केंद्रों का मिलन। इस रणनीतिक कदम ने स्कूलों को गांवों / पंचायतों के जीवंत केंद्रों में बदल दिया, जो न केवल शैक्षिक सेवाएं प्रदान करते हैं बल्कि आवश्यक सरकारी और व्यावसायिक सेवाएं भी सीधे नागरिकों तक पहुंचाते हैं। ग्रामीण क्षेत्रों में 600,000 और शहरी भारत में 20,000 सीएससी की स्थापना के लिए एक महत्वपूर्ण बजट निर्धारित किया गया था, जो जमीनी स्तर के विकास के लिए प्रशासन की प्रतिबद्धता का संकेत है।

स्कूलों और सीएससी के बीच साझेदारी ने गांवों और पंचायतों के लिए कई लाभों को प्रतिपादित किया। इस सहयोग ने संसाधन उपयोग को अनुकूलित किया, अनावश्यक बुनियादी ढांचे के खर्चों को कम किया, और स्कूलों-सीएससी को सरकारी पहलों के प्रसार और नागरिकों की शिकायतों को प्रभावी ढंग से संबोधित करने के लिए महत्वपूर्ण केंद्रों में बदल दिया। इन योजनाओं को साकार किया गया, वे समग्र सामुदायिक विकास और नागरिक सशक्तिकरण के लिए एक साहसिक दृष्टिकोण साबित हुए।

इस पहल ने प्राचीन प्रथाओं की वापसी को प्रतिबिंबित किया, जहां मंदिर सामुदायिक केंद्रों के रूप में कार्य करते थे, शिक्षा, राजनीतिक प्रवचन और सांस्कृतिक आदान-प्रदान को बढ़ावा देते थे।

स्कूलों और कॉलेजों में सच्ची नैतिक शिक्षा की अनुपस्थिति की सदियों पुरानी समस्या ने सामाजिक मूल्यों के लिए एक महत्वपूर्ण खतरा पैदा कर दिया था। 20वीं सदी के अंत तक, नैतिक शिक्षा धीरे-धीरे कम हो गई थी, कुछ स्कूलों में यह केवल नैतिक विज्ञान के रूप में जाना जाने वाला विषय बनकर रह गई थी, जबकि अन्य में यह पूरी तरह से अनुपस्थित थी। इस गिरावट का कारण आर्थिक हितों को पूरा करने वाले नए, अधिक आकर्षक विषयों का उदय था। परिणामस्वरूप, एक चिंताजनक प्रवृत्ति सामने आई जिसमें शिक्षकों और बड़ों के प्रति सम्मान में तेजी से गिरावट आई। यह शैक्षिक संस्थानों की तीव्र प्रतिस्पर्धा के कारण, शिक्षकों की घटती गुणवत्ता से जुड़ी थी, जिसके परिणामस्वरूप अक्षम शिक्षकों की नियुक्ति हुई। हालाँकि, दोषी

माता-पिता भी हैं, जिन्होंने शिक्षकों को निजी तौर पर रचनात्मक प्रतिक्रिया देने के बजाय, छात्रों के सामने उनकी आलोचना की, जिससे सम्मान में कमी आई।

नैतिक शिक्षा में कमी को दूर करने के लिए शैक्षणिक संस्थानों और अभिभावकों दोनों के ठोस प्रयासों की आवश्यकता थी। स्कूलों ने अपने पाठ्यक्रम में नैतिक शिक्षा की बहाली को प्राथमिकता दी, समग्र विकास सुनिश्चित करने के लिए इसे विभिन्न विषयों में एकीकृत किया। इसके साथ ही, स्कूलों ने शिक्षकों और अभिभावकों के बीच आपसी समझ और सहयोग की संस्कृति का पोषण करते हुए, सम्मानजनक बातचीत और रचनात्मक प्रतिक्रिया के लिए अनुकूल माहौल को बढ़ावा दिया।

प्राचीन भारतीय उपाख्यान और कहानियाँ औपचारिक शिक्षण का एक अभिन्न अंग बन गए। अंततः, नैतिक शिक्षा को बहाल करना और शिक्षकों, अभिभावकों और छात्रों के बीच आपसी सम्मान को बढ़ावा देना जिम्मेदार, नैतिक नागरिकों के पोषण के लिए आवश्यक था जो आधुनिक विश्व की जटिलताओं को ईमानदारी और करुणा के साथ सुलझाने में सक्षम हों।

प्रौढ़ (पुनः) शिक्षा के लिए भी प्रमुख कदम उठाये गये। दृष्टिकोण स्पष्ट था: भारत में प्रत्येक वयस्क को राष्ट्र के संपूर्ण इतिहास में व्यापक शिक्षा प्राप्त करनी थी, जिससे यह सुनिश्चित हो सके कि हमारे पूर्वजों की गलतियाँ दोहराई न जाएँ। लोगों के लिए सभी क्षेत्रों और विषयों में हमारे पूर्वजों द्वारा किए गए गहन योगदान को समझना अनिवार्य था।

इसके अलावा, प्रत्येक कामकाजी पेशेवर को उनके संबंधित क्षेत्रों, चाहे साहित्य, कला, निर्माण, विज्ञान, इंजीनियरिंग, चिकित्सा, शिक्षण या उससे आगे के अनुरूप संवर्धन पाठ्यक्रमों में शामिल होने के लिए प्रोत्साहित करने के लिए एक ठोस प्रयास किया गया था। ये पाठ्यक्रम न केवल ज्ञान प्रदान करने के लिए बल्कि प्राचीन ज्ञान से लेकर समकालीन प्रगति तक, प्रत्येक विषय की विकासवादी यात्रा का पता लगाने के लिए भी डिज़ाइन किए गए थे।

ऐसे संवर्धन पाठ्यक्रमों के कार्यान्वयन ने लचीलेपन की पेशकश की, जिसमें ऑनलाइन सीखने या शाम या सप्ताहांत के स्कूलों में उपस्थिति के विकल्प शामिल थे। सरकारें, स्कूल, गैर सरकारी संस्थानों ने, अपने सहयोगियों के साथ, इस ज्ञान को व्यापक और प्रभावी ढंग से प्रसारित करने के लिए टीवी, रेडियो और इंटरनेट/ओटीटी प्लेटफार्मों सहित विभिन्न संचार चैनलों का उपयोग किया था।

महत्वपूर्ण रूप से, स्थानीय समुदायों को निरंतर सीखने और ज्ञान साझा करने की संस्कृति को बढ़ावा देने के लिए सक्रिय कदम उठाने का अधिकार दिया गया। सरकारी पहल की प्रतीक्षा करने के बजाय, समुदायों को सहकर्मी शिक्षण समूहों को शुरू करने के लिए प्रोत्साहित किया गया, जिससे आपसी समर्थन और बौद्धिक आदान-प्रदान के जमीनी स्तर के नेटवर्क तैयार हुए। इस बॉटम-अप दृष्टिकोण ने न केवल टॉप-डाउन प्रयासों को पूरक बनाया, बल्कि व्यक्तियों को अपनी सीखने की यात्रा का स्वामित्व लेने के लिए भी सशक्त बनाया।

परिकल्पित परिणाम एक ऐसा समाज है जहां प्रत्येक नागरिक अपनी सांस्कृतिक विरासत और पेशेवर क्षेत्र की गहरी समझ रखता है। अतीत और वर्तमान के बीच की खाई को पाटकर, ये पहल हमारे साझा इतिहास में गर्व की भावना पैदा करती है और विभिन्न क्षेत्रों में नवाचार और उत्कृष्टता को प्रेरित करती हैं। निरंतर सीखने और सहयोगात्मक प्रयासों के माध्यम से, आने वाली पीढ़ियों के लिए एक उज्जवल भविष्य का निर्माण करते हुए, सभी लोग राष्ट्र की उन्नति और समृद्धि में सार्थक योगदान दे रहे हैं।

6 शासन व्यवस्था में मौलिक परिवर्तन

आज 14 अप्रैल 2050 है। भारत इसे डॉ. बी.आर. अम्बेडकर जयंती के रूप में मनाता है। डॉ. अम्बेडकर के योगदान का भारतीय समाज पर गहरा और स्थायी प्रभाव पड़ा - इसकी लोकतांत्रिक संस्थाओं को आकार दिया, सामाजिक न्याय को बढ़ावा दिया और हाशिए पर रहने वाले समुदायों को सशक्त बनाया। वह समानता और न्याय के लिए भारत के संघर्ष में एक प्रतिष्ठित व्यक्ति बने हुए हैं। उन्हें भारतीय संविधान के निर्माता, सामाजिक न्याय के समर्थक, दलित आंदोलन के नेता आदि के रूप में सम्मानित किया जाता है।

1947 में भारत को जल्दबाजी में स्वतंत्र घोषित कर दिया गया। स्वतंत्रता प्राप्त करने के बाद, भारत ने शासन संरचना में ब्रिटिश शैली (वेस्टमिंस्टर प्रणाली) का पालन करना जारी रखा, जिसमें विधानमंडल (संसदीय प्रणाली), कानूनी संरचना और कानून (न्यायिक प्रणाली), प्रशासनिक और कराधान (कार्यकारी प्रणाली) शामिल थे, और आईसीएस आईएएस बन गए। सैन्य संरचना, पुलिस संरचना और इससे भी महत्वपूर्ण बात यह है कि रवैया ब्रिटिश जैसा रहा। अंग्रेजों द्वारा अपनाई गई शासन,

न्याय और प्रशासन प्रणाली ने भारतीय न्यायाधीशों, राजनीतिक नेताओं और प्रशासनिक अधिकारियों को आम भारतीय आदमी की पहुंच से दूर कर दिया था। स्वतंत्रता प्राप्ति के 70-80 वर्षों के बाद भी, चुनाव या विरोध प्रदर्शन के समय को छोड़कर, वे आम लोगों के लिए पहुंच से बाहर रहे। स्वार्थी राजनीतिक दलों ने यह सुनिश्चित किया कि समाज वर्गों, जातियों, क्षेत्र, भाषा, रंग और धर्म के आधार पर विभाजित रहे। इन पार्टियों ने 2019, 2024 और यहां तक कि 2029 के आम चुनावों में भी इस तरह के विभाजन को बढ़ावा दिया। यह एक स्वस्थ संकेत नहीं था।

21वीं सदी का भारत लोकतांत्रिक सुधारों के लिए तरस रहा था। "लोगों का, लोगों द्वारा, लोगों के लिए शासन" वास्तव में काम नहीं कर रहा था। पिछली सदी का लोकतांत्रिक तंत्र 21वीं सदी में देश का नेतृत्व करने के लिए पर्याप्त नहीं था। हमने पहले भी देखा है कि सक्रिय राजनीति में अच्छे लोग पर्याप्त रूप से नहीं आते। सांसद, विधायक, पार्षद आदि कई बार अपराधी से राजनेता बन गए, कई लगभग अशिक्षित थे, कई शक्तियों या पद के उपयोग के प्रति ईमानदार नहीं थे, कई पूरी तरह से भ्रष्ट थे, और कई अन्य हित रखने वाले राष्ट्र-विरोधी थे। उनमें से बहुत कम लोग ईश्वर से डरने वाले, देखभाल करने वाले, अच्छे इरादों वाले निस्वार्थ लोग थे। मुझे याद है कि वर्ष 2020-21 में भारत की अदालतों में लंबित 4 करोड़ मामलों में से 4 लाख मामले राजनीति में सक्रिय लोगों पर थे।

प्राष्ट्र की सेवा करने की इच्छा रखने वाले लोगों ने प्रशिक्षित प्रशासक (नौकरशाह या बाबू) बनने के लिए कड़ी मेहनत की, कड़ी पढ़ाई की। हालाँकि, कई बार उन्होंने निर्णय पदों पर बैठे गैर-योग्य राजनेताओं के आदेशों के तहत काम किया।

मशहूर फील्ड मार्शल सैम मानेकशॉ ने एक बार अपने समय के मंत्रियों और सचिवों की अक्षमता पर टिप्पणी की थी। उनके और कई अन्य सच्चे नेताओं के अनुसार, सत्ता संभालने वाले एक राजनीतिक व्यक्ति को मुद्दों को समझने, बहस में भाग लेने और निर्णय लेने में सक्षम होना चाहिए, खासकर जब देश का नाम, प्रगति, सुरक्षा और अस्तित्व दांव पर हो! अयोग्य मंत्री जो स्थिति की गंभीरता और जल्दबाजी में लिए गए निर्णयों के परिणामों को नहीं समझते हैं, वे अक्सर ऐसा कहेंगे जैसे एक ने फील्ड मार्शल से कहा था जब भारत पूर्वी पाकिस्तान पर हमले की योजना बना रहा था "मान जाओ ना शाम - मतलब कृपया सहमत हो जाओ ना सैम"!

2029 के आम चुनाव तक राजनीतिक व्यवस्था में महत्वपूर्ण परिवर्तन आ गए थे, जिनमें से कुछ इस प्रकार सूचीबद्ध हैं:

- सत्तारूढ़ दल को "सेवारत" दल कहा जाने लगा। "सेवा" शब्द में एक शक्तिशाली संदेश है, यह सत्ता में बैठे लोगों के "सोचने के तरीकों और काम करने के तरीकों" पर बहु-आवश्यक नियंत्रण रखता है। "सेवा करना" उन्हें याद दिलाता है कि वे लोगों के अस्थायी विकल्प हैं, और

उन्होंने स्वयं लोगों और राष्ट्र की सेवा करने का मार्ग चुना है। इस छोटे लेकिन महत्वपूर्ण बदलाव ने राजनेताओं के विचारों, भाषण और कार्यों में ईमानदारी, जागरूकता और करुणा ला दी है।

- विपक्षी दल को "समर्थक" दल कहा जाने लगा। "विरोध और समर्थन" शब्दों के बीच का अंतर अच्छी तरह से समझा जा सकता है। यह उस पार्टी को याद दिलाता है जो सत्ता में नहीं है कि आप उसका समर्थन करने के लिए यहां हैं; भारत के लोग चाहते हैं कि आप सरकार का समर्थन करें और उन्हें सच्ची प्रगति करने में मदद करें। यह उन्हें प्रेरित करता है कि आपको लोगों ने आंख मूंदकर विरोध करने के लिए नहीं बल्कि राष्ट्रीय हितों को सर्वोच्च प्राथमिकता पर रखते हुए महत्वपूर्ण मुद्दों पर एकजुट होने के लिए चुना है। यह उन्हें याद दिलाता है कि सदन में आपको अपनी जिम्मेदारियों से भागने के लिए नहीं भेजा गया है!
- "वोट आउट (Vote out)" विकल्प को क्रियान्वित किया गया। सरकार द्वारा एक मजबूत फीडबैक प्रणाली लागू की गई थी, जिसमें प्रत्येक मतदाता (नागरिक) कभी भी फोन कॉल के माध्यम से, वेबसाइट के माध्यम से, या मोबाइल एप्लिकेशन या संचार के अन्य माध्यमों के माध्यम से "वोट आउट" करने के लिए भाग ले सकता था। एक मतदाता अपने निर्वाचन क्षेत्र के निर्वाचित व्यक्ति को "वोट आउट" करने का विकल्प चुन सकता

है, यदि मतदाता को लगता है कि निर्वाचित व्यक्ति अच्छा प्रदर्शन नहीं कर रहा है। इसने एक ऐसा तंत्र स्थापित किया जिसने नागरिकों को अपने निर्वाचन क्षेत्र के विकास में सक्रिय रूप से भाग लेने का अधिकार दिया। यह बदलाव, जो 2024-2029 के कार्यकाल के दौरान पेश किया गया था, चुने हुए लोगों (यानी, निर्वाचित लोगों) के बीच जवाबदेही ला दी। प्रारंभ में "वोट आउट" तंत्र को वार्ड स्तर पर यानी नगर पालिका (शहर) स्तर और पंचायत स्तर पर लागू किया गया था। इसे मजबूत, दोषरहित और पारदर्शी बनाने के उचित परिश्रम के बाद, इसे राज्य विधानमंडल और संसद के लिए भी लागू किया गया। परिणाम स्वरूप, 2030 के बाद कोई और आंदोलन या धरना नहीं देखा गया!

- संसद सदस्यों (सांसदों) और विधान सभा सदस्यों (विधायकों) के लिए आजीवन पेंशन प्रदान करने वाला कानून "पेंशन अधिनियम 1954" है। यह अधिनियम पूर्व सांसदों और विधायकों को उनके पूरे सेवा जीवन के दौरान पेंशन प्राप्त करने का अधिकार देता है। इसे चुनौती दी गई, बहस हुई और अंततः इसे अप्रासंगिक और अनावश्यक पाया गया और इसे रद्द कर दिया गया।
- केंद्रीय या राज्य स्तर पर चुनाव लड़ने वाले उम्मीदवारों के लिए कानून द्वारा किसी विशिष्ट शैक्षणिक योग्यता की आवश्यकता नहीं थी। अक्सर शिक्षा का स्तर अलग-अलग होता था, कई लोग लगभग अशिक्षित

और अक्षम थे। मानक बढ़ा दिए गए, न्यूनतम योग्यता स्नातकोत्तर हो गई, प्रदर्शित सामाजिक/सांस्कृतिक/आर्थिक उपलब्धियां और देश के लिए स्पष्ट दृष्टिकोण (क्या किया जाना चाहिए, क्यों, कैसे और कब तक?), आदि के साथ। इस प्रकार सफाई की गई। अयोग्य और स्वार्थी को बाहर कर दिया गया।

- वर्ष 2025 में, भारत सरकार ने नागरिकों को शासन में भाग लेने, "वोट आउट" तंत्र सहित योजनाओं पर प्रतिक्रिया देने में मदद करने के लिए एकल टोल-फ्री फोन नंबर के रूप में 2047 को अपनाया था। यह संख्या 2047 के विकसित राष्ट्र लक्ष्य को प्राप्त करने के लिए सभी के लिए एक अनुस्मारक के रूप में भी काम करती है। आज 2050 में, सभी सरकार से नागरिक (जी2सी) सेवाओं के लिए टेलीफोनिक समर्थन इस संख्या (dial 2047) में स्थानांतरित हो गया है। यह सेवा हमारे देश में बोली जाने वाली सभी बोलियों में ध्वनि संचार के लिए आर्टिफिशियल इंटेलिजेंस द्वारा संचालित है। यहां तक कि स्मार्टफोन का उपयोग न करने वाले उपयोगकर्ता, जैसे अति वरिष्ठ नागरिक भी कॉल करने पर समान अनुभव प्राप्त करते हैं।

भारतीय संविधान के डिज़ाइन के अनुसार, भारतीय शासन प्रणालियों में विधायिका, कार्यकारी (प्रशासनिक) और न्यायपालिका तीन स्तंभ थे। विधायिका का प्रशासन में सीधा

हस्तक्षेप था, जिसने देश को सच्ची प्रगति करने से रोक दिया था।

उदाहरण के लिए: भारतीय संविधान के डिज़ाइन के अनुसार, कानून और व्यवस्था राज्य का विषय था। राज्य स्तर के राजनेताओं का राज्य की पुलिस पर सीधा नियंत्रण था। वे पुलिस को अपनी कठपुतली की तरह इस्तेमाल करते रहे। पुलिस पर अपने नियंत्रण, वरिष्ठ पुलिस अधिकारियों का उत्पीड़न और दूरदराज के स्थानों पर स्थानांतरण की धमकियों आदि से स्थानीय राजनेताओं ने अपने निर्वाचन क्षेत्रों और इसलिए राज्य और देश में अराजकता पैदा की। वर्ष 2025 के बाद, कई वरिष्ठ पुलिस अधिकारियों ने निराशाजनक कहानियाँ सुनाईं कि कैसे राज्य के राजनेताओं के दबाव में उन्हें दशकों तक भ्रष्ट काम करने के लिए मजबूर किया गया। फलस्वरूप, कानून और व्यवस्था को केंद्रीय विषय बनाने यानी अर्धसैनिक और सैन्य बलों की तरह पुलिस को भी केंद्र सरकार के नियंत्रण में बनाने की संवैधानिक बहस शुरू हो गई। इस कदम के कुछ लाभ नीचे दिए गए हैं:

- राज्य सरकारों की बाधा के बिना, केंद्र सरकार समग्र रूप से देश की कानून व्यवस्था से निपट सकती है।
- केंद्रीय खुफिया, सशस्त्र बल, अर्ध-सैन्य और पुलिस मिलकर काम करके खामियों को कम कर सकते हैं और आतंकवाद से बेहतर तरीके से निपट सकते हैं।

- सशस्त्र बलों और केंद्रीय अर्धसैनिक बलों की तरह, पुलिस बल में भ्रष्टाचार में काफी कमी आएगी। पुलिस बल फिर से फिट, कुशल और जवाबदेह बन सकता है, जिससे उन्हें जनता का खोया हुआ विश्वास और सम्मान हासिल करने में मदद मिलेगी।
- स्थानीय और राज्य के राजनेता स्वतः ही अपनी जिम्मेदारियों के प्रति जागरूक हो जायेंगे, पुलिस से छेड़छाड़ नहीं करेंगे और भ्रष्टाचार में काफी कमी आएगी।
- राज्य सरकार के विभाग, विशेषकर पब्लिक डीलिंग वाले विभाग बेहतर कार्य करेंगे। वहां के अधिकारियों को यह समझना होगा कि राज्य के राजनेता अब पुलिस को नियंत्रित नहीं करते हैं।
- पुलिस तबादलों, निलंबन और स्थानीय राजनेताओं की धमकाने के डर के बिना काम कर सकती है।
- अधिक पारदर्शिता आएगी, स्थानीय नेताओं से बिना डरे एफआईआर दर्ज कराई जाएगी।

वर्ष 2030 में कानून एवं व्यवस्था केन्द्रीय विषय बन गया। पिछले 20 वर्षों से, भारत में कानून के पालन में भारी वृद्धि देखी गई है। मुझे याद है कि अपने युवा दिनों में मैं सिंगापुर जैसा देश बनने की आकांक्षा रखता था। कानून व्यवस्था के मामले में हम वो हो गए हैं!

वर्ष 2047 में अकल्पनीय घटित हुआ। स्वशासन की एक नई व्यवस्था बन रही है। नागरिक पोर्टलों पर प्राप्त फीडबैक के

आधार पर (जी2सी टोल-फ्री नंबर 2047 सहित), और सर्वेक्षण, अनुसंधान, चिंतन और बहस के माध्यम से, और आध्यात्मिक लोगों के मार्गदर्शन के साथ, भारत अपनी 100+ वर्ष पुरानी शासन संरचना में सुधार कर रहा है। जल्द ही, शासन की संसदीय प्रणाली को राष्ट्रपति-राज्यपाल-पीपीपी (कार्यकारी) प्रशासन प्रणाली द्वारा प्रतिस्थापित किया जाएगा।

जैसा कि हम जानते हैं पीपीपी (PPP) मॉडल का मतलब सार्वजनिक निजी भागीदारी मॉडल है। वर्ष 2011-2030 के दौरान बुनियादी ढांचा विकास परियोजनाओं में पीपीपी मॉडल को सफलतापूर्वक आजमाया गया। बाद में इसका परीक्षण नए मेगा शहरों की योजना, नए राज्यों की राजधानियों की योजना, पुराने शहरों की पुनर्योजना, ग्रामीण क्षेत्रों की पुनर्योजना, उद्योग पुनर्विकास और स्थानांतरण, कृषि-उत्पादन और संबंधित आपूर्ति-श्रृंखला, स्थानीय उद्योग के लिए व्यावसायिक कौशल विकास और बड़े पैमाने पर पलायन के रोकथाम पर किया गया। सरकारी प्रत्यक्ष लाभ योजनाओं, कराधान, ऊर्जा और मल्टी मोडल परिवहन में 100% नागरिकों को शामिल करना, गरीबी उन्मूलन, सभी के लिए समग्र स्वास्थ्य और शिक्षा आदि। इन सभी भागीदारी में मानव संसाधनों का विकास, प्राकृतिक संसाधनों की देखभाल और सावधानीपूर्वक उपयोग शामिल है। संक्षेप में कहें तो सरकारें इसी के लिए होती हैं।

क्या बदल रहा है?

भारतीय सेना (सशस्त्र बलों) की प्रशिक्षण प्रक्रिया के सफल 100+ वर्षों से प्रेरणा लेते हुए, (कार्यकारी) प्रशासनिक सेवा का एक नया वर्ग विकसित किया जा रहा है। अधिक सक्षम अधिकारियों को तैयार करने का विचार है। दशकों से चले आ रहे आईएएस/आईएफएस/आदि के 1-2 साल के अल्पकालिक प्रशिक्षण के विपरीत, नयी प्रक्रिया में, आधुनिक दृष्टिकोण के साथ मिश्रित भारतीय मूल्यों पर आधारित, 4-6 साल का कठोर प्रशिक्षण मिलेगा।

प्रत्येक राज्य में अब "भावी" सेवकों (प्रशासकों) के लिए प्रतिष्ठित उच्च शिक्षा संस्थान हैं। इन "भावी" सेवकों को अपनी स्कूली शिक्षा पूरी करने के बाद आधुनिक दृष्टिकोण के साथ मिश्रित भारतीय मूल्यों पर आधारित 4-6 साल का कठोर प्रशिक्षण मिलेगा। ये संस्थान राष्ट्र प्रथम दृष्टिकोण वाले सर्वोत्तम श्रेणी के व्यक्तियों को तैयार करेंगे, जिनमें निस्वार्थ सेवा भाव, सभी के लिए करुणा, लोगों के लिए सच्ची सेवा की इच्छा, अपनी मातृभूमि की सेवा करने की आकांक्षा और अपनी पसंद के क्षेत्रों में काम करने की क्षमता और ज्ञान होगा।

अपने प्रशिक्षण के दौरान रुचि विकसित करने और कामकाज सीखने के लिए वे पीपीपी प्रशासन में प्रशिक्षु होंगे। अपना प्रशिक्षण पूरा होने पर, वे अपने गृह राज्य के पीपीपी प्रशासन का हिस्सा बन जाएंगे। जब तक वे पीपीपी प्रशासन में शामिल होंगे, वे न्यूनतम मार्गदर्शन के साथ काम करने और सही निर्णय लेने

में सक्षम होंगे। वे प्रगति के लिए जिम्मेदार होंगे, विफलताओं के लिए जवाबदेह होंगे, और यदि उन्हें नागरिकों के पोर्टल और टोल-फ्री 2047 से महत्वपूर्ण नकारात्मक प्रतिक्रिया मिलती है तो लोगों द्वारा बर्खास्त भी किये जायेंगे।

आगे चलकर इनमें से कोई राज्यपाल और राष्ट्रपति बनेंगे। इस प्रकार शासन संरचना पारदर्शी, सक्षम, जवाबदेह और आधुनिक बनेगी, जो 21वीं सदी के लिए आवश्यक है।

पीपीपी पायलट सर्वप्रथम राष्ट्र-प्रथम जिलों में ग्रामीण और शहरी स्थानीय सरकारों की जगह लेगी; फिर राज्यों और अंततः केंद्रीय शासन को संभालने के लिए विस्तार करेगी। जल्द ही, चुनावी प्रक्रिया (Parliamentary system of democracy) पारदर्शी शासन के लिए राष्ट्रपति-राज्यपाल-पीपीपी (कार्यकारी) प्रशासन संरचना को रास्ता देगी, जहां नागरिकों के पास खराब प्रदर्शन करने वालों का मूल्यांकन करने और उन्हें बर्खास्त करने की शक्ति होगी। यही सच्चा लोकतंत्र होगा।

7 सामाजिक-आर्थिक, सांस्कृतिक पुनर्जागरण

भूखे पेट भजन नहीं होय (खाली पेट भगवान की स्तुति नहीं गा सकता) भारत में एक पुरानी कहावत है। ये बिल्कुल सच है.

डॉ. एपीजे अब्दुल कलाम ने अपनी पुस्तक "इग्नाइटेड माइंड्स" में कहा है कि "कोई देश नहीं, बल्कि गरीबी भारत का सबसे बड़ा दुश्मन है और यह भारत को अपनी वास्तविक क्षमता को उजागर करने से रोक रही है"। अपनी 200 वर्षों की पराधीनता में, अंग्रेजों ने भारत को विश्व के सबसे अमीर देशों में से, सबसे गरीब देशों में से एक बना दिया था। गरीबी और नियोजित अकाल के कारण लाखों असामयिक मौतों का श्रेय ब्रिटिश काल को दिया जाता है। ब्रिटेन ने हाल ही में इसके लिए माफी मांगी, भारत ने बड़ा दिल रखते हुए ब्रिटेन को माफ कर दिया!

गरीबी उन्मूलन

भारत सरकार ने "गरीबी सबसे बड़ा दुश्मन है" को पहचाना और इस दिशा में काम किया। सरकारों ने किसी भी परिवार की बुनियादी अवश्यक्ताओं पर ध्यान केंद्रित किया और उन तक आपूर्ति और सेवाएँ पहुँचाने के लिए वर्षों तक सच्चे प्रयास किये।

यह सुनिश्चित करके कि उन्हें यह चिंता करने की आवश्यकता नहीं है कि वे कहां रहेंगे, वे क्या खाएंगे, कैसे खाना बनाएंगे, उनके बच्चे कहां पढ़ेंगे, वे अपनी बीमारियों के इलाज के लिए भुगतान कैसे करेंगे। उन्हें व्यावसायिक कौशल के लिए प्रशिक्षण कहां मिलेगा, उन्हें ब्याज मुक्त सूक्ष्म ऋण कहां से मिलेगा, बिजली उपकरण और कृषि उपकरणों पर सब्सिडी कैसे प्राप्त करें, आवश्यकता के समय बीमा कैसे प्राप्त करें, आदि। सरकार के प्रयासों से उन्हें अपने पैरों पर खड़े होने में बहुत मदद मिली।

एक गरीब परिवार को जीवन यापन के दबाव से राहत दिलाने के लिए उपरोक्त बुनियादी आवश्यकताओं की उपलब्धता का आश्वासन आवश्यक था। 2015-2035 के दो दशकों से अधिक समय तक, करोड़ों लोगों पर कोई वित्तीय बोझ डाले बिना, सरकारों द्वारा इन आवश्यकताओं का ध्यान रखा गया। अब प्रयास रंग ला रहे हैं, क्योंकि भारत में कोई भी परिवार ऐसा नहीं है जो गरीब हो या मदद के लिए दूसरों पर निर्भर हो। भारत में प्रत्येक परिवार आर्थिक रूप से स्वतंत्र है। भारत ने 2050 में सच्ची आज़ादी हासिल की है।

समाज के विभिन्न वर्गों की अवश्यक्तांों और चुनौतियों को संबोधित करने के लिए भारत में क्रियान्वित कई अन्य सामाजिक और आर्थिक कल्याण योजनाएं में से कुछ के नीचे उदाहरण दिए गए हैं।

प्रधान मंत्री जन धन योजना (पीएमजेडीवाई): करोड़ों गरीबों के लिए शून्य बैलेंस खाते खोलकर, इस योजना ने डिजिटल वित्तीय

समावेशन के लिए आधार तैयार किया। इसने विभिन्न वित्तीय सेवाओं जैसे बचत खातों, उपरोक्त योजनाओं के लिए प्रत्यक्ष लाभ हस्तांतरण, बीमा और बैंक रहित आबादी को पेंशन तक पहुंच प्रदान की। इससे बिचौलियों की भूमिका समाप्त हो गई।

प्रधान मंत्री सुरक्षा बीमा योजना (पीएमएसबीवाई): पीएमएसबीवाई एक बीमा योजना जो मामूली प्रीमियम पर आकस्मिक मृत्यु और विकलांगता के लिए कवरेज प्रदान करती थी। किसानों सहित कई ग्रामीण व्यक्ति इस योजना के लाभार्थी थे। इससे उन्हें नैतिक समर्थन मिला, कि कोई उनके लिए है यहां।

प्रधान मंत्री जीवन ज्योति बीमा योजना (पीएमजेजेबीवाई): पीएमएसबीवाई के समान, पीएमजेजेबीवाई एक जीवन बीमा योजना थी जो किसी भी कारण से मृत्यु के लिए कवरेज प्रदान करती थी। इसने कम प्रीमियम पर किसानों सहित लाभार्थियों को वित्तीय सुरक्षा प्रदान की।

प्रधान मंत्री उज्ज्वला योजना (पीएमयूवाई): पीएमयूवाई ने लाखों गरीब परिवारों को एलपीजी (तरलीकृत पेट्रोलियम गैस) के रूप में स्वच्छ खाना पकाने का ईंधन प्रदान किया। इस योजना ने लकड़ी और गाय के गोबर जैसे पारंपरिक खाना पकाने के ईंधन से जुड़े स्वास्थ्य खतरों को कम किया। लाभों में महिलाओं के लिए बेहतर स्वास्थ्य परिणाम, समय की बचत और पर्यावरणीय लाभ शामिल हैं।

प्रधान मंत्री आवास योजना (पीएमएवाई): पीएमएवाई ने उन सभी पात्र लाभार्थियों, शहरी और ग्रामीण गरीबों को किफायती आवास प्रदान किया जिनके पास कभी अपना घर नहीं था। इस योजना ने आर्थिक रूप से कमजोर वर्गों और निम्न-आय समूहों की आवास आवश्यकताओं को संबोधित किया। लाभों में सुरक्षित और किफायती आवास तक पहुंच, बेहतर रहने की स्थिति और बुनियादी ढांचे का विकास शामिल है।

राष्ट्रीय ग्रामीण आजीविका मिशन (एनआरएलएम): एनआरएलएम ने विभिन्न आजीविका पहलों के माध्यम से स्वरोजगार और उद्यमिता को बढ़ावा देकर ग्रामीण गरीबी को कम किया। इस योजना ने ग्रामीण गरीबों को स्वयं सहायता समूहों में संगठित करने पर ध्यान केंद्रित किया और उन्हें वित्तीय सहायता, कौशल विकास और बाजार संपर्क प्रदान किया। लाभों में आय सृजन, कौशल विकास और महिला सशक्तिकरण शामिल हैं।

आयुष्मान भारत प्रधानमंत्री जन आरोग्य योजना (पीएम-जेएवाई): पीएम-जेएवाई विश्व की सबसे बड़ी स्वास्थ्य बीमा योजना थी जिसने 100 मिलियन से अधिक कमजोर परिवारों को कैशलेस कवरेज प्रदान की। इस योजना ने अपनी जेब से स्वास्थ्य देखभाल खर्च को कम किया और गरीब परिवारों को स्वास्थ्य व्यय के खिलाफ वित्तीय सुरक्षा प्रदान की।

स्वच्छ भारत अभियान (स्वच्छ भारत मिशन): इस योजना ने शौचालयों के निर्माण, खुले में शौच को समाप्त करने और ठोस कचरे का प्रबंधन करके सार्वभौमिक स्वच्छता हासिल की। सार्वजनिक स्वास्थ्य में सुधार, जलजनित बीमारियों में कमी, गरिमा और सुरक्षा में वृद्धि और पर्यावरणीय स्थिरता। इसकी शुरुआत 2 अक्टूबर 2014 को हुई थी.

सर्व शिक्षा अभियान (एसएसए): एसएसए ने 6-14 आयु वर्ग के सभी बच्चों के लिए गुणवत्तापूर्ण प्रारंभिक शिक्षा तक सार्वभौमिक पहुंच प्रदान की। इस योजना से बुनियादी ढाँचे, शिक्षक भर्ती और प्रशिक्षण और छात्रों के ठहराव में सुधार हुआ। लाभों में साक्षरता दर में वृद्धि, शैक्षिक परिणामों में सुधार और स्कूल छोड़ने की दर में कमी शामिल है।

भारत का अधिकांश भाग अभी भी गाँवों में रहता है। बुनियादी ढांचे, स्वास्थ्य देखभाल, शिक्षा, कृषि, उद्यमिता और रोजगार सृजन सहित ग्रामीण जीवन के विभिन्न पहलुओं को संबोधित करने के लिए प्रमुख पहल की गईं। ये केंद्रित क्षेत्र समग्र ग्रामीण विकास और पूरे भारत के गांवों में जीवन की गुणवत्ता में सुधार के लिए सरकार की प्रतिबद्धता को दर्शाते हैं।

ग्रामीण बुनियादी ढांचे का विकास: सरकार ने जीवन यापन के स्तर को बढ़ाने और आर्थिक गतिविधियों को सुविधाजनक बनाने के लिए ग्रामीण क्षेत्रों में सड़क, बिजली, जल आपूर्ति,

स्वच्छता और आवास जैसे बुनियादी ढांचे में सुधार पर ध्यान केंद्रित किया।

कृषि और ग्रामीण अर्थव्यवस्था: प्रधानमंत्री कृषि सिंचाई योजना (पीएमकेएसवाई) जैसी पहलों ने सिंचाई सुविधाओं में सुधार किया, टिकाऊ कृषि पद्धतियों को बढ़ावा दिया, ऋण सुविधाएं प्रदान कीं और किसानों के लिए बाजार संपर्क बढ़ाया।

ग्रामीण रोजगार सृजन: महात्मा गांधी राष्ट्रीय ग्रामीण रोजगार गारंटी अधिनियम (मनरेगा) जैसी योजनाओं ने एक वित्तीय वर्ष में निश्चित दिनों की मजदूरी रोजगार की गारंटी देकर ग्रामीण परिवारों को रोजगार के अवसर प्रदान किए। इस फंड से बहुत सारे ग्रामीण बुनियादी ढांचे का विकास हुआ। प्रत्येक गाँव में कम से कम एक नया बड़ा तालाब विकसित हुआ जिससे भूजल पुनर्भरण में मदद मिली।

ग्रामीण स्वास्थ्य और स्वच्छता: सरकार ने राष्ट्रीय ग्रामीण स्वास्थ्य मिशन (एनआरएचएम) और स्वच्छ भारत अभियान जैसी पहलों के माध्यम से ग्रामीण क्षेत्रों में स्वास्थ्य सुविधाओं में सुधार पर ध्यान केंद्रित किया, स्वास्थ्य सेवाओं तक पहुंच प्रदान की और स्वच्छता प्रथाओं को बढ़ावा दिया।

ग्रामीण शिक्षा: सर्व शिक्षा अभियान (एसएसए) और राष्ट्रीय माध्यमिक शिक्षा अभियान (आरएमएसए) जैसी पहलों के माध्यम से ग्रामीण क्षेत्रों में गुणवत्तापूर्ण शिक्षा तक पहुंच में सुधार के लिए कठोर प्रयास किए गए, जिसने एनईपी 2020

दिशानिर्देशों के तहत सार्वभौमिक प्रारंभिक और माध्यमिक शिक्षा सुनिश्चित की।

ग्रामीण कनेक्टिविटी: सरकार ने भारतनेट परियोजना जैसी पहलों के माध्यम से ग्रामीण क्षेत्रों में कनेक्टिविटी में सुधार किया, जिसने सभी गांवों को ब्रॉडबैंड कनेक्टिविटी प्रदान की, और प्रधान मंत्री ग्राम सड़क योजना (पीएमजीएसवाई), जिसने ग्रामीण क्षेत्रों को सभी मौसम वाली सड़कों से जोड़ा।

ग्रामीण विकास और शासन: ग्रामीण शासन को मजबूत करने, पंचायती राज संस्थानों (पीआरआई) जैसे स्थानीय स्वशासन संस्थानों को बढ़ावा देने और ग्रामीण समुदायों को निर्णय लेने की प्रक्रियाओं में भाग लेने के लिए सशक्त बनाने के लिए विभिन्न योजनाएं और कार्यक्रम लागू किए गए थे।

प्रधान मंत्री फसल बीमा योजना (पीएमएफबीवाई): इस योजना ने प्राकृतिक आपदाओं, कीटों और बीमारियों के कारण फसल की विफलता की स्थिति में किसानों को बीमा कवरेज और वित्तीय सहायता प्रदान की। इसने व्यापक जोखिम कवरेज सुनिश्चित किया, और प्रीमियम दरों पर केंद्र और राज्य सरकारों द्वारा सब्सिडी दी गई।

मौसम आधारित फसल बीमा योजना (डब्ल्यूबीसीआईएस): डब्ल्यूबीसीआईएस को किसानों को प्रतिकूल मौसम की स्थिति से सुरक्षा प्रदान करने के लिए डिज़ाइन किया गया था। इसमें

फसल के नुकसान का आकलन करने के लिए मौसम मापदंडों का उपयोग किया गया।

भारत सरकार ने ग्रामीण विकास और पर्यटन को बढ़ावा देने के अपने व्यापक प्रयासों के तहत ग्राम पर्यटन को सक्रिय रूप से बढ़ावा दिया। ग्रामीण पर्यटन को बढ़ावा देने के लिए भारत सरकार द्वारा की गई कुछ पहल और प्रयास नीचे सूचीबद्ध हैं:

स्वदेश दर्शन योजना: पर्यटन मंत्रालय ने देश में विषयगत सर्किट विकसित करने के लिए स्वदेश दर्शन योजना शुरू की, जिसमें से एक ग्रामीण पर्यटन पर केंद्रित थी। इस योजना के तहत, पर्यटकों को आकर्षित करने के लिए ग्रामीण क्षेत्रों में पर्यटन बुनियादी ढांचे, सुविधाओं और सेवाओं के विकास के लिए धन आवंटित किया गया था। आज हमारे पास भारत में 100 से अधिक विषयगत पर्यटन सर्किट फल-फूल रहे हैं, जहां प्रत्येक सर्किट को ठीक से देखने में 1-2 सप्ताह लगते हैं। अगर कोई भारत का भ्रमण करना चाहता है, तो उसे कम से कम दो साल लगेंगे!

समुदाय-आधारित पर्यटन पहल: भारत में विभिन्न राज्य सरकारों ने समुदाय-आधारित पर्यटन पहल शुरू की, जिसमें स्थानीय समुदाय सक्रिय रूप से पर्यटन गतिविधियों में शामिल हो गए। ये पहल ग्रामीण अनुभवों, पारंपरिक शिल्प, स्थानीय व्यंजनों और सांस्कृतिक विरासत को बढ़ावा देने पर केंद्रित थीं। इस योजना के तहत लाखों ग्रामीण होमस्टे चल रहे हैं।

प्रशिक्षण और क्षमता निर्माण: सरकार ने ग्रामीण समुदायों को पर्यटकों के साथ प्रभावी ढंग से जुड़ने के लिए आवश्यक कौशल और ज्ञान से लैस करने के लिए प्रशिक्षण कार्यक्रम और क्षमता निर्माण कार्यशालाएँ आयोजित कीं। इन प्रयासों ने स्थानीय लोगों को पर्यटन गतिविधियों में भाग लेने और उनसे लाभ उठाने के लिए सशक्त बनाया।

विपणन और प्रचार: पर्यटन मंत्रालय, साथ ही राज्य पर्यटन बोर्ड, ने विपणन अभियानों, रोड शो और घरेलू और अंतरराष्ट्रीय स्तर पर यात्रा मेलों और प्रदर्शनियों में भागीदारी के माध्यम से ग्रामीण पर्यटन को सक्रिय रूप से बढ़ावा दिया।

बुनियादी ढाँचा विकास: सरकार ने आगंतुकों के लिए समग्र पर्यटन अनुभव को बढ़ाने के लिए ग्रामीण क्षेत्रों में सड़क, बिजली, स्वच्छता सुविधाओं और आवास विकल्पों सहित बुनियादी ढांचे में सुधार के लिए भारी निवेश किया।

विरासत योजना को अपनाएं: हालांकि यह योजना पूरी तरह से ग्रामीण पर्यटन पर केंद्रित नहीं थी, लेकिन इस योजना ने सार्वजनिक क्षेत्र की कंपनियों, निजी क्षेत्र की कंपनियों और व्यक्तियों को विकास और रखरखाव के लिए ग्रामीण क्षेत्रों सहित विरासत स्थलों को अपनाने के लिए प्रोत्साहित किया।

भूमि रिकॉर्ड के 100% डिजिटलीकरण को प्राप्त करने के बाद, गांवों के भीतर सामुदायिक खेती को बढ़ावा देने की पहल वर्ष 2030 से सक्रिय रूप से की गई। किसानों को कृषि प्रथाओं के प्रति सामूहिक जिम्मेदारी की भावना को बढ़ावा देते हुए सभी

खेतों और क्षेत्रों को एकजुट करने के लिए प्रोत्साहित किया गया। मौजूदा भूमि साझाकरण नीतियों की गहन जांच और समायोजन किया गया ताकि यह सुनिश्चित किया जा सके कि वे अधिक अनुकूल और सहायक हों। किसानों को सशक्त बनाते हुए, उन्हें विशाल खेतों में कौन सी फसल उगाई जाए, इसके बारे में सामूहिक निर्णय लेने की प्रक्रिया सौंपी गई, जबकि व्यक्तिगत स्वामित्व अधिकार बरकरार रहे।

बड़े क्षेत्रों में कृषि भूमि के एकीकरण ने नवाचार को प्रोत्साहित किया और कृषि उत्पादकता को बढ़ाया, जिससे प्रति एकड़ अधिक उपज हुई। इसके अलावा, किसानों के बीच मशीनरी साझा करने की सुविधा को संसाधन उपयोग को अनुकूलित करने और ग्रामीण उद्यमिता को बढ़ावा देने के लिए एक रणनीतिक कदम के रूप में देखा गया। आपसी सहयोग को प्रोत्साहित करके, यह पहल एक अधिक टिकाऊ और समृद्ध कृषि समुदाय का निर्माण कर सकती है, जिससे व्यक्तिगत किसानों और समग्र रूप से गाँव दोनों को लाभ होगा।

इस संरचनात्मक समायोजन ने फसल की विफलता के दौरान परिवारों पर वित्तीय तनाव को कम किया, संभवतः ऋण के बोझ को कम किया और किसान आत्महत्याओं की घटनाओं पर काफी हद तक अंकुश लगाया। इसके अलावा, समेकन ने व्यक्तिगत प्रतिद्वंद्विता को कम कर दिया जो अक्सर क्षेत्रों के विभाजन से उत्पन्न होती थी।

यहां यह ध्यान रखना महत्वपूर्ण है कि भारत के उद्यमशीलता परिदृश्य में पिछले कुछ दशकों में एक महत्वपूर्ण परिवर्तन आया है, जो आर्थिक सुधारों से लेकर तकनीकी प्रगति और सांस्कृतिक बदलावों तक के कारकों के गतिशील मिश्रण से प्रेरित है। भारत में उद्यमिता की संस्कृति लचीलापन, नवाचार और जोखिम लेने की समृद्ध भावना की विशेषता है।

भारत की उद्यमशीलता वृद्धि के पीछे प्रमुख कारणों में से एक इसकी बड़ी और युवा आबादी है, जो नए विचारों और उद्यमों के लिए उपजाऊ जमीन प्रदान करती है। इसके अतिरिक्त, देश के तेजी से बढ़ते मध्यम और उच्च आय वर्ग ने, इंटरनेट पहुंच के साथ मिलकर, नवाचार और व्यवधान के लिए एक विशाल उपभोक्ता बाजार तैयार किया।

सांस्कृतिक कारकों ने भी भारत के उद्यमशीलता लोकाचार में महत्वपूर्ण योगदान दिया। ऐतिहासिक रूप से, रेशम-मार्ग के समय से ही उद्यमिता भारतीय मानस में रची-बसी रही है। परिवार के स्वामित्व वाले व्यवसायों और छोटे पैमाने के उद्यमों की एक लंबी परंपरा के साथ, इस उद्यमशीलता की भावना को नवप्रवर्तकों की एक नई पीढ़ी द्वारा पुनर्जीवित किया गया था, जो महत्वपूर्ण सामाजिक चुनौतियों को हल करने और प्रभाव-संचालित व्यवसाय बनाने के लिए प्रौद्योगिकी का लाभ उठा रही थी।

आर्थिक पुनर्जागरण

अर्थशास्त्र मूल रूप से प्राकृतिक संसाधनों का उपयोग और लोगों के कौशल और क्षमताओं का सर्वोत्तम उपयोग करना है। लेकिन कभी-कभी, यह बताना मुश्किल होता है कि हम कब चीजों का बुद्धिमानी से उपयोग कर रहे हैं या उनका बहुत अधिक दोहन कर रहे हैं। इससे बड़ी समस्याएं पैदा हो सकती हैं जिन पर शायद हमें तुरंत ध्यान नहीं जाएगा, भले ही हमें लगे कि हम प्रगति कर रहे हैं। पिछली शताब्दी में, जिस तरह से हमने आगे बढ़ने के बारे में सोचा था, वह ज्यादातर अर्थव्यवस्था को वास्तव में तेजी से बढ़ाने पर केंद्रित था, बिना इस बारे में ज्यादा सोचे कि बाद में क्या हो सकता है। इससे प्रदूषण और (अनौचित्य) आर्थिक विभाजन जैसी कई समस्याएं पैदा हुईं। यदि हमने इस बात पर अधिक ध्यान नहीं दिया होता कि हम प्राकृतिक संसाधनों का उपयोग कैसे करते हैं और लोगों के साथ कैसा व्यवहार करते हैं, तो ये समस्याएँ और भी बदतर हो जातीं। इसलिए, हमारे लिए यह जानना बेहद महत्वपूर्ण था कि चीजों का स्मार्ट और निष्पक्ष तरीके से उपयोग कैसे किया जाए, और यह सुनिश्चित किया जाए कि ग्रह को नुकसान पहुंचाए बिना हर कोई विकास कर सके।

विश्व की तीसरी सबसे बड़ी अर्थव्यवस्था बनने के बाद, भारत को यह देखने की आवश्यकता थी कि उच्च सकल घरेलू उत्पाद (GDP) की दौड़ में, वह अपने सीमित प्राकृतिक संसाधनों का अत्यधिक उपभोग न कर ले। अन्यथा, उन संसाधनों को दूसरे देशों से आयात करने के अलावा उसके पास कोई विकल्प नहीं बचता। भारत को एहसास हुआ कि उसे बाजार और जीडीपी वृद्धि की अंधी दौड़ से बाहर आना चाहिए।

वर्ष 2030 में भारत ने इसी बात पर गौर किया कि उसके भविष्य के लिए क्या अच्छा है। यह स्पष्ट था कि उसे अपने सीमित प्राकृतिक संसाधनों की रक्षा करनी चाहिए, निर्यात और विकास के नाम पर किए जा रहे खनन और वनों की कटाई पर नियंत्रण रखना चाहिए। सभी प्राकृतिक संसाधनों के संबंध में कम से कम 100 वर्ष का दृष्टिकोण होना चाहिए।

इसने महसूस किया कि देश में क्या उपलब्ध था और क्या नहीं था? वास्तव में इसकी आवश्यकता थी? इसका गंभीर विश्लेषण करके यह देखना चाहिए कि इसके लोगों के लिए सम्मानजनक और समग्र जीवन जीने के लिए वास्तव में क्या आवश्यक है।

प्राकृतिक संसाधनों से जुड़े मंत्रालयों को दीर्घकालिक दृष्टि से लाभ और हानि का आकलन करने की आवश्यकता है। कुछ खनन गतिविधियों को नितांत आवश्यक क्यों माना गया? कुछ नये बाँध क्यों नितांत आवश्यक थे? पिछले 50 वर्षों में हमने जो प्राकृतिक संसाधन आपदाएं पैदा की हैं, उन्हें उलट दें, अन्यथा प्रकृति अगले 25 वर्षों में ऐसा कर देगी। सभी मंत्रालयों/विभागों द्वारा पिछले 50 वर्षों के लाभ और हानि का गहन मूल्यांकन किया गया। पिछले सभी नुकसानों की भरपाई अगले 10 वर्षों में करने की योजना बनाई गई।

संबंधित मंत्रालयों ने निर्यात का गंभीर मूल्यांकन किया - विदेशी देश भारत से कच्चे माल का उपयोग कैसे कर रहे थे? उन्हें भारत से उन कच्चे माल की आवश्यकता क्यों है? क्या वे अपना भंडार छिपा रहे थे या बचा रहे थे? उन्होंने उन कच्चे माल से

कौन से उत्पाद बनाए? क्या उन्होंने उन उत्पादों को भारत में पुनः निर्यात किया; यानी क्या भारत ने उन तैयार उत्पादों का आयात किया? क्या हमें वास्तव में उन उत्पादों की आवश्यकता थी, या यह भ्रष्ट भारतीयों की पैरवी और विपणन उद्योग के कारण था जिसने नकली बाज़ार बनाए? उन कच्चे माल (प्राकृतिक संसाधनों की कमी और प्रदूषण) के निर्यात में भारत को क्या नुकसान हो रहा था? भारत के हितों को नुकसान पहुंचाने वाले और प्राकृतिक संसाधनों को नष्ट करने वाले सभी निर्यातों पर तत्काल प्रतिबंध लगा दिया गया।

संबंधित मंत्रालयों ने आयात का भी आलोचनात्मक मूल्यांकन किया - क्या आयात किया जा रहा था? भारत में इसकी आवश्यकता क्यों पड़ी? इसका उत्पादन यहां कैसे हो सकता है? उन्होंने 10 वर्षों में स्थानीय उत्पादन और शून्य आयात का लक्ष्य रखा और इसे पूरा किया।

सभी प्रमुख राजनीतिक दलों, थिंक टैंकों और आध्यात्मिक लोगों के उचित प्रतिनिधित्व की सहमति से 100 साल की योजना बनाई गई, जो आध्यात्मिक जीवन और प्रकृति (वायु, जल, पृथ्वी, अग्नि) का निर्माण करने वाले 5 बुनियादी तत्वों के महत्व को समझते। यह 100 साल की योजना हमारे देश को सही दिशा में आगे बढ़ने के लिए दिशा-निर्देश बनी। वर्ष 2047 तक भारत सही मायने में आर्थिक दृष्टि से स्वतंत्र हो गया।

सांस्कृतिक पुनर्जागरण

भारत को लंबे समय से ग्रहणशील और उदार स्वभाव / संस्कृति के लिए जाना जाता है; यह परंपरा सदियों से चली आ रही है। इस लोकाचार के केंद्र में प्रश्न पूछने को सर्वाधिक महत्व दिया गया है। केवल निर्देशों के पालन के अलावा, भारतीय संस्कृति गहन जांच और अन्वेषण को प्रोत्साहित करती है। इस लोकाचार ने अनेक विचारधाराओं को जन्म दिया है, जिनमें से प्रत्येक विचारधारा /दर्शन सत्य प्राप्ति के विविध मार्गों से उभरी है। अपने मतभेदों के बावजूद, ये विभिन्न दर्शन हमेशा एक ही पूर्ण: सत्य पर सहमत होते हैं।

सदियों के दार्शनिक प्रवचन और आध्यात्मिक आत्मनिरीक्षण के माध्यम से, भारत ने एक ऐसे वातावरण को बढ़ावा दिया है जहां व्यक्ति अपनी समझ की गहराई का पता लगाने और सत्य को उसके शुद्धतम रूप में खोजने के लिए स्वतंत्र हैं। विचार की इस समृद्ध टेपेस्ट्री ने भारतीय समाज के ताने-बाने में अपनी जगह बनाई है, इसकी परंपराओं, मान्यताओं और जीवन शैली को आकार दिया है। प्राचीन वेदों से लेकर आधुनिक गुरुओं की शिक्षाओं तक, बौद्धिक जिज्ञासा और आध्यात्मिक ज्ञान के प्रतीक के रूप में भारत की स्थायी विरासत की पुष्टि करते हुए, जांच की भावना पनपती रहती है।

भारतीय दर्शन बाहरी विस्तार के स्थान पर आंतरिक विकास पर जोर देता है, व्यक्तियों से बाहरी विजय प्राप्त करने के स्थान पर अपने आप में गहराई से उतरने का आग्रह करता है। यह गहन

आत्मनिरीक्षण की वकालत करता है, व्यक्तियों को अपनी चेतना की अनंत गहराइयों का पता लगाने के लिए प्रोत्साहित करता है। यह दृष्टिकोण उन विचारधाराओं के बिल्कुल विपरीत है जो आलोचनात्मक जांच और अधिकार को हतोत्साहित करती और अंध पालन को प्रोत्साहन करती हैं - जिसके परिणामस्वरूप ऐतिहासिक रूप से विविध संस्कृतियों का दमन और उत्पीड़न हुआ है। भारत का समृद्ध इतिहास सदियों से चली आ रही ऐसी चुनौतियों का गवाह है। आंतरिक विकास को प्राथमिकता देकर, भारतीय विचार व्यक्तिगत विकास और आध्यात्मिक ज्ञान को बढ़ावा देता है, जो एक परस्पर जुड़े हुए विश्व में सद्भाव और समझ का मार्ग प्रदान करता है।

भारत ने यहूदियों और फारसियों (मूल ईरानी) उत्पीड़ित सभ्यताओं के लिए एक अभयारण्य के रूप में कार्य किया, जिन्होंने यहाँ शरण ली और इसे अपना घर बनाया। ईसाई संतों और इस्लामी सूफियों ने भारत की यात्रा की और इसकी विविध संस्कृति को अपना लिया। स्वदेशी आबादी ने उनका गर्मजोशी से स्वागत किया, जिससे दूध में चीनी घुलने के समान सामंजस्यपूर्ण मिश्रण को बढ़ावा मिला। स्वीकृति और एकीकरण की यह समृद्ध टेपेस्ट्री संस्कृतियों के पिघलने वाले बर्तन के रूप में भारत की विरासत को प्रदर्शित करती है, जहां मतभेदों को मिटाया जाता है और गले लगाया जाता है।

सहिष्णुता और समझ की यह कहानी समाज के विभिन्न क्षेत्रों, शैक्षणिक संस्थानों, सामाजिक समारोहों, आध्यात्मिक सभाओं और सांस्कृतिक कार्यक्रमों में व्याप्त है। धार्मिक स्थलों, घरों और कार्यस्थलों की अंतरंग सेटिंग में, इस संदेश को विकास और स्वीकृति के लिए उपजाऊ जमीन मिली। समय के साथ, पूजा विधि, भाषा, क्षेत्र, धर्म, रंग, जाति या पंथ में मतभेदों द्वारा बनाई गई विभाजनकारी बाधाएं धीरे-धीरे समाप्त हो गईं।

इस विकास में, धार्मिक नेता परिवर्तन के उत्प्रेरक के रूप में उभरे, जिन्होंने सरकारों, अदालतों और समुदायों को अधिक समावेशी और सामंजस्यपूर्ण लोकाचार की दिशा में मार्गदर्शन करने में महत्वपूर्ण भूमिका निभाई। उनके प्रयासों का उद्देश्य इस धारणा को दूर करना था कि किसी भी आस्था की शिक्षाओं को दूसरों के प्रति अलगाव, बहिष्कार या शत्रुता के बीज बोने चाहिए। इसके बजाय, उन्होंने सभी विश्वास प्रणालियों में निहित पारस्परिक सम्मान और महत्व पर जोर देते हुए मानवता की मौलिक एकता को रेखांकित किया।

मुट्ठी बनाने वाली उंगलियों की सादृश्यता का उपयोग करते हुए, उन्होंने व्यक्तिगत गोपनीयता, विश्वास और संपत्ति के संरक्षण के महत्व पर बल देते हुए विविध विश्वास प्रणालियों के सह-अस्तित्व की वकालत की। सहयोग और समझ के माध्यम से, उन्होंने वास्तविक प्रगति की दिशा में एक मार्ग की कल्पना की, जहां विविधता की समृद्धि बिना किसी डर या पूर्वाग्रह के

विकसित हो सके, सहानुभूति, सम्मान और पारस्परिक प्रशंसा से बंधे समाज को बढ़ावा मिले।

सभी ने देश के संविधान में अटूट विश्वास, राष्ट्रीय हितों को प्राथमिकता देने, विविध जीवन शैली का सम्मान करने और एक-दूसरे की गोपनीयता और मान्यताओं की रक्षा करने की आवश्यकता को स्वीकार किया। इस सामूहिक प्रतिबद्धता ने एकता और आपसी समझ को बढ़ावा दिया, एक सामंजस्यपूर्ण और समावेशी समाज की नींव रखी। इससे भारत में सामाजिक-सांस्कृतिक पुनर्जागरण का मार्ग प्रशस्त हुआ।

8 भारत के बदलाव के प्रमुख कारण

मैं आज अपनी बेंच पर वापस आया हूँ। आज 15 अगस्त 2050 है और मैं संक्षेप में बता रहा हूं कि किन कारणों से मेरे देश के लोगों के जीवन में परिवर्तन आये।

आंतरिक परिवर्तन

भारतीय चिंतन परंपरागत रूप से कुछ मौलिक अनुभूतियों पर आधारित है। जब विश्व में कोई अन्य धर्म नहीं था, तब भारतीय संतों ने एक उद्देश्यपूर्ण जीवन जीने का धार्मिक तरीका विकसित किया था। उद्देश्य सर्वोच्च को जानना था - स्वयं की खोज को उस लक्ष्य की ओर पहला कदम कहा जाता है। इस प्रक्रिया में दूसरों का भला करें, जिससे अच्छे कर्मों को आत्मसात किया जा सके। इस प्रक्रिया में मौलिक मार्गदर्शक सिद्धांत हैं, जिन्हें देश में रहने वाले प्रत्येक व्यक्ति को समझना चाहिए, चाहे उनकी आस्था कुछ भी हो। इससे भारतीय जड़ों के साथ जुड़ने में मदद मिलेगी, और इसका मतलब भारतीय मूल के धर्मों से प्रभावित होना नहीं है।

यहूदी धर्म, ईसाई धर्म और इस्लाम विश्व के अन्य हिस्सों में फैलने से पहले शुरू में यरूशलेम या अरब क्षेत्र में फले-फूले। यह

स्वाभाविक है कि इन आस्थाओं के प्रति समर्पित भारतीयों को स्वदेशी मान्यताओं और सिद्धांतों के बारे में नहीं बताया गया होगा। इससे पिछली शताब्दियों में कुछ अलगाव पैदा हुआ होगा।

पिछले 20 वर्षों के दौरान, प्रत्येक बच्चे और वयस्क को भारत में प्रचलित सभी धर्मों की मौलिक शिक्षाएँ स्वतंत्र रूप से सिखाई गईं। उन्हें धार्मिक नेताओं या शिक्षकों द्वारा पढ़ाया जाता था। उन्हें किसी भी धर्म या आस्था के बारे में पूछताछ करने और अधिक जानने के लिए प्रोत्साहित किया गया। यहाँ तक कि नास्तिकों ने भी भाग लिया। इस अभ्यास के परिणामस्वरूप जीवन के नए दृष्टिकोण, धार्मिक सहिष्णुता यानी दूसरों के विश्वास या धर्म के प्रति सम्मान की समझ का विकास हुआ।

भारत में रहने के लिए आवश्यक है कि लोग पारंपरिक भारतीय विचार को जानें जो समावेशन के सिद्धांत पर आधारित है। उनमें से कुछ सिद्धांतों को नीचे संक्षेप में समझाया गया है:

मैं ब्रह्मा हूँ -मैं ब्रह्म हूं (परमात्मा), जिसका अर्थ है "मैं भीतर वह दिव्य शक्ति हूं"। इसका मतलब यह है कि सभी मनुष्य एक जैसे हैं।

वसुदेव कुटुंबकम -वसुधैव कुटुंबकम, जिसका अर्थ है "पूरा विश्व एक परिवार है"। इसका मतलब है कि सभी जीवित प्राणी मेरा परिवार हैं।

ॐ शान्तः शान्तः शान्तः।सर्वे भवन्तु सुखिनः सर्वे सन्तु निरामयाः। सर्वे भद्राणि पश्यन्तु मा कश्चिददुःखभाग्भवेत्. ॐ शांतिः शांतिः शांतिः, जिसका अर्थ है "सभी सुखी हों, सभी रोगमुक्त हों, सभी शुभ घटनाओं के साक्षी बनें और किसी को दुःख न सहना पड़े"। इसका सीधा सा अर्थ है कि सभी सुखी रहें। सभी खुश रहें और सभी स्वस्थ रहें।' सब ठीक रहें और किसी को कष्ट न हो।

कण कण में भगवान - ईश्वर सर्वव्यापी है. यह स्वयं व्याख्यात्मक है.

उपरोक्त चार सिद्धांत मूल भारतीय विचार की नींव बनाते हैं। ये समावेशी और मूल रूप से देखभाल करने वाले हैं।

श्री अरबिंदो ने भारतीय ज्ञान के बारे में विस्तार से लिखा। उन्होंने आत्म खोज, आत्म विकास और पूर्ति के तीन सिद्धांत दिए; वे हैं स्वभाव, स्वाध्याय और स्वधर्म। स्वभाव का तात्पर्य किसी के अंतर्निहित स्वभाव से है, जो आनुवंशिकी, पालन-पोषण और अनुभवों से आकार लेता है। स्वाध्याय स्व-अध्ययन का अभ्यास है, जो आत्म-जागरूकता और व्यक्तिगत विकास हासिल करने के लिए किसी के विचारों, कार्यों और विश्वासों पर चिंतन करता है। स्वधर्म किसी के जीवन में अद्वितीय कर्तव्य या उद्देश्य है, जो उनके जन्मजात गुणों और मूल्यों के साथ जुड़ा हुआ है। स्वभाव को समझने से व्यक्तियों को अपने स्वधर्म की पहचान करने में मदद मिलती है, जबकि स्वाध्याय इसके अनुसार जीने के लिए आत्मनिरीक्षण

की सुविधा देता है। स्वधर्म को अपनाने से पूर्णता और सद्भाव की प्राप्ति होती है, क्योंकि व्यक्ति प्रामाणिक रूप से अपनी भूमिकाओं और जिम्मेदारियों से जुड़ते हैं, स्वयं और समाज के लिए सकारात्मक योगदान देते हैं। इस दृष्टिकोण को उद्देश्यपूर्ण जीवन जीने के तरीके के रूप में सार्वभौमिक रूप से स्वीकार किया गया था, और स्कूलों में सिखाया गया था।

लोगों ने अवश्यक्तायें और लालच, विकास और समृद्धि, उपलब्धियों और पूर्ति के बीच अंतर करना भी सीखा, और सबसे महत्वपूर्ण डर पर काबू पाना भी सीखा; क्योंकि अक्सर देखा जाता है कि हमारा जीवन डर से प्रेरित या आकार लेता है। ये अनुभूति तब संभव हुई जब लोगों ने अतीत के महान लोगों को पढ़ा और उनका अनुसरण किया, विशेषकर जब उन्होंने अपने जीवन के लिए एक उपयुक्त आदर्श पात्र को चुना, जिन्होंने समाज और राष्ट्र के लिए बहुत योगदान दिया था।

राष्ट्र के परिवर्तन

हाल के इतिहास में कई महत्वपूर्ण मोड़ आए, जिन्होंने भारत को एक समृद्ध, शांतिप्रिय विश्वामित्र (सभी का मित्र) देश बना दिया। इनमें से कुछ प्रमुख हैं, अयोध्या में श्री राम मंदिर और मुहम्मद बिन अब्दुल्ला मस्जिद का निर्माण, वर्ष 2047 में प्रभु श्री राम को राष्ट्रपिता के रूप में घोषित किया जाना (इस दिन महात्मा गांधी जी की आत्मा सबसे अधिक प्रसन्न हुई होगी, क्योंकि वह प्रभु श्री राम के सच्चे भक्त थे), इस तथ्य की स्थापना कि ईसा मसीह कश्मीर में रहते थे, महा अवतार बाबा

जी और यीशु एक ही आत्मा हैं, भारतीय उपमहाद्वीप का सांस्कृतिक पुनर्मिलन, कश्मीर यहूदियों/मुसलमानों के संघर्ष को हल करने में और पूर्व / पश्चिम आध्यात्मिक पुनर्मिलन सहायक था, भारत महारत्न की शुरूआत, आम स्वीकृति कि नेताजी सुभाष बोस वर्ष 1985 में अपने स्वर्गीय निवास के लिए रवाना होने तक अयोध्या में रहे, कश्मीरी मुसलमानों द्वारा पलायन के लिए कश्मीरी हिंदुओं से माफ़ी, ब्रिटेन द्वारा भारत को अपने अधीन करने के लिए माफ़ी, चीन और तिब्बत में भू-राजनीतिक सुधार और भारत को विश्व मंच पर सभी के लिए मित्र के रूप में मान्यता दी गई।

आज 15 अगस्त है, मैं श्री अरबिंदो द्वारा 15 अगस्त 1947 को लिखे गए भाषण का उल्लेख करना चाहूंगा। इससे मेरे देशवासियों को प्रेरणा मिलेगी।

[श्री अरबिंदो ने यह संदेश भारत की स्वतंत्रता की पूर्व संध्या पर प्रसारण के लिए ऑल इंडिया रेडियो, तिरुचिरापल्ली, भारत के अनुरोध पर लिखा था। यह वह संदेश है जो 14 अगस्त, 1947 को प्रसारित किया गया था। यह आज भी विशेष प्रासंगिकता और महत्व रखता है।]

15 अगस्त, 1947 स्वतंत्र भारत का जन्मदिन है। यह उसके लिए एक पुराने युग का अंत और एक नए युग की शुरुआत का प्रतीक है। लेकिन हम अपने जीवन और स्वतंत्र राष्ट्र के रूप में कार्य करके इसे पूरे विश्व के लिए, मानवता के राजनीतिक,

सामाजिक, सांस्कृतिक और आध्यात्मिक भविष्य के लिए एक नए युग की शुरुआत की महत्वपूर्ण तिथि बना सकते हैं।

15 अगस्त मेरा अपना जन्मदिन है और यह मेरे लिए स्वाभाविक रूप से संतुष्टिदायक है कि इसे इतना महत्वपूर्ण माना गया। मैं इस संयोग को एक संयोग के रूप में नहीं, बल्कि उस दिव्य शक्ति की स्वीकृति और मुहर के रूप में लेता हूँ जो मेरे जीवन की शुरुआत के साथ मेरे कदमों का मार्गदर्शन करती है, इसके पूर्ण फल की शुरुआत। वास्तव में, इस दिन मैं लगभग सभी विश्व-आंदोलनों को देख सकता हूँ जिन्हें मैं अपने जीवनकाल में पूरा होते देखना चाहता था, हालाँकि तब वे अवास्तविक सपने लगते थे, जो फलित हो रहे हैं या उपलब्धि की ओर बढ़ रहे हैं। इन सभी आंदोलनों में स्वतंत्र भारत एक बड़ी भूमिका निभा सकता है और अग्रणी स्थान ले सकता है।

इनमें से पहला सपना एक क्रांतिकारी आंदोलन था जो एक स्वतंत्र और एकजुट भारत का निर्माण करेगा। आज भारत स्वतंत्र है लेकिन उसने एकता हासिल नहीं की है। एक पल में ऐसा लगा कि जैसे मुक्ति के अपने ही कदम में वह ब्रिटिश विजय से पहले के अलग-अलग राज्यों की अराजकता में वापस चला जाएगा। लेकिन सौभाग्य से अब ऐसा लगता है कि यह खतरा टल जाएगा और एक बड़ा और शक्तिशाली, हालांकि अभी तक पूर्ण संघ नहीं बना है, स्थापित हो जाएगा। साथ ही, संविधान सभा की बुद्धिमानी से कठोर नीति ने यह संभव बना

दिया है कि दलित वर्गों की समस्या बिना किसी विभाजन या दरार के हल हो जाएगी। लेकिन हिंदू और मुसलमानों में पुराना सांप्रदायिक विभाजन अब देश के स्थायी राजनीतिक विभाजन में बदल गया है। उम्मीद की जानी चाहिए कि इस स्थापित तथ्य को हमेशा के लिए या एक अस्थायी उपाय से अधिक कुछ के रूप में स्वीकार नहीं किया जाएगा। क्योंकि अगर यह कायम रहा, तो भारत गंभीर रूप से कमजोर हो सकता है, यहां तक कि अपंग भी हो सकता है: नागरिक संघर्ष हमेशा संभव रह सकता है, यहां तक कि एक नया आक्रमण और विदेशी विजय भी संभव है। भारत के आंतरिक विकास और समृद्धि में बाधा आ सकती है, राष्ट्रों के बीच उसकी स्थिति कमजोर हो सकती है, उसका भाग्य खराब हो सकता है या यहां तक कि निराश भी हो सकता है। ऐसा नहीं होना चाहिए; विभाजन अवश्य समाप्त होना चाहिए। हमें आशा करनी चाहिए कि यह स्वाभाविक रूप से हो सकता है, न केवल शांति और सद्भाव की आवश्यकता बल्कि साझा कार्रवाई की आवश्यकता की बढ़ती मान्यता से, साझा कार्रवाई के अभ्यास से और उस उद्देश्य के लिए साधनों के निर्माण से। इस तरह अंततः किसी भी रूप में एकता आ सकती है - सटीक रूप का व्यावहारिक महत्व हो सकता है लेकिन मौलिक नहीं। लेकिन किसी भी तरह से, किसी भी तरह से, विभाजन अवश्य समाप्त होना चाहिए; एकता अवश्य प्राप्त होगी और होगी, क्योंकि यह भारत के भविष्य की महानता के लिए आवश्यक है।

दूसरा सपना एशिया के लोगों के पुनरुत्थान और मुक्ति तथा मानव सभ्यता की प्रगति में उनकी महान भूमिका की ओर उनकी वापसी का था। एशिया का उदय हो चुका है; इसका बड़ा हिस्सा अब पूरी तरह से स्वतंत्र है या इस समय मुक्त हो रहा है: इसके अन्य अभी भी अधीन या आंशिक रूप से अधीन हिस्से स्वतंत्रता की दिशा में किसी भी संघर्ष से गुजर रहे हैं। बस थोड़ा सा काम करना बाकी है और वह आज या कल किया जाएगा। वहां भारत को अपनी भूमिका निभानी है और उसने इसे इतनी ऊर्जा और क्षमता के साथ निभाना शुरू कर दिया है जो पहले से ही उसकी संभावनाओं और राष्ट्रों की परिषद में उसके स्थान को दर्शाता है।

तीसरा स्वप्न था विश्व-संघ का निर्माण, जो समस्त मानवजाति के लिए अधिक न्यायपूर्ण, उज्जवल और श्रेष्ठ जीवन का बाह्य आधार बनेगा। मानव जगत का एकीकरण हो रहा है; एक अपूर्ण पहल संगठित है, लेकिन भारी कठिनाइयों से जूझ रही है। लेकिन गति है और इसे अवश्य ही बढ़ाना और जीतना होगा। यहां भी भारत ने प्रमुख भूमिका निभानी शुरू कर दी है और यदि वह उस व्यापक राजनीति का विकास कर सके, जो वर्तमान तथ्यों और तात्कालिक संभावनाओं तक सीमित न हो, बल्कि भविष्य को देखे और उसे निकट लाए, तो उसकी उपस्थिति धीमे और डरपोक तथा साहसिक और तीव्र विकास के बीच सारा अंतर पैदा कर सकती है। कोई आपदा हस्तक्षेप कर सकती है और जो किया जा रहा है, उसे बाधित या नष्ट कर सकती है, लेकिन तब

भी अंतिम परिणाम निश्चित है। क्योंकि एकीकरण प्रकृति की आवश्यकता है, एक अपरिहार्य गति है। राष्ट्रों के लिए भी इसकी आवश्यकता स्पष्ट है, क्योंकि इसके बिना छोटे राष्ट्रों की स्वतंत्रता किसी भी क्षण खतरे में पड़ सकती है और बड़े और शक्तिशाली राष्ट्रों का जीवन भी असुरक्षित हो सकता है। इसलिए एकीकरण सभी के हित में है, और केवल मानवीय मूर्खता और मूर्खतापूर्ण स्वार्थ ही इसे रोक सकता है; लेकिन ये प्रकृति और ईश्वरीय इच्छा की आवश्यकता के विरुद्‌ध हमेशा के लिए खड़े नहीं रह सकते। लेकिन एक बाहरी आधार पर्याप्त नहीं है; एक अंतरराष्ट्रीय भावना और दृष्टिकोण विकसित होना चाहिए, अंतरराष्ट्रीय रूप और संस्थाएँ उभरनी चाहिए, शायद दोहरी या बहुपक्षीय नागरिकता, इच्छा से आदान-प्रदान या संस्कृतियों का स्वैच्छिक विलय जैसे विकास। राष्ट्रवाद ने खुद को पूरा कर लिया होगा और अपनी उग्रता खो दी होगी और अब ये चीजें आत्म-संरक्षण और अपने दृष्टिकोण की समग्रता के साथ असंगत नहीं होंगी। एकता की एक नई भावना मानव जाति को जकड़ लेगी।

एक और स्वप्न , विश्व को भारत का आध्यात्मिक उपहार, पहले ही शुरू हो चुका है। भारत की आध्यात्मिकता यूरोप और अमेरिका में लगातार बढ़ रही है। यह आंदोलन बढ़ेगा; समय की आपदाओं के बीच अधिक से अधिक आँखें आशा के साथ उसकी ओर मुड़ रही हैं और न केवल उसकी शिक्षाओं, बल्कि उसकी मानसिक और आध्यात्मिक साधना का भी सहारा बढ़ रहा है।

अंतिम स्वप्न विकास में एक कदम था जो मनुष्य को उच्चतर और विशाल चेतना तक ले जाएगा और उन समस्याओं का समाधान आरंभ करेगा जो उसे तब से उलझन में डालती और परेशान करती रही हैं जब से उसने सोचना और व्यक्तिगत पूर्णता तथा एक परिपूर्ण समाज के बारे में सपना देखना आरंभ किया था। यह अभी भी एक व्यक्तिगत आशा और एक विचार है, एक आदर्श है जो भारत और पश्चिम दोनों में दूरदर्शी मनों पर अपना प्रभाव डालना आरंभ कर चुका है। इस मार्ग में आने वाली कठिनाइयां किसी भी अन्य क्षेत्र के प्रयास की तुलना में अधिक विकट हैं, लेकिन कठिनाइयों को दूर करने के लिए बनाया गया था और यदि सर्वोच्च इच्छा है, तो उन्हें दूर किया जाएगा। यहां भी, यदि यह विकास होना है, क्योंकि इसे आत्मा और आंतरिक चेतना के विकास के माध्यम से आगे बढ़ना होगा, तो पहल भारत से आ सकती है और, हालांकि इसका दायरा सार्वभौमिक होना चाहिए, केंद्रीय आंदोलन उसका हो सकता है।

भारत की मुक्ति की इस तिथि में मैंने यही बात रखी है; यह आशा कितनी सार्थक होगी, यह नये और स्वतंत्र भारत पर निर्भर करता है।

किसी राष्ट्र के इतिहास में ऐसे समय आते हैं जब ईश्वर उसके सामने एक कार्य, एक लक्ष्य रखता है, जिसके लिए अन्य सब कुछ, चाहे वह अपने आप में कितना ही उच्च और महान क्यों न हो, त्याग करना पड़ता है। हमारी मातृभूमि के लिए अब ऐसा समय आ गया है, जब उसकी सेवा से बढ़कर कुछ भी प्रिय नहीं

है, जब अन्य सब कुछ उसी लक्ष्य की ओर निर्देशित किया जाना है। यदि तुम अध्ययन करोगे, तो उसके लिए अध्ययन करोगे; अपने शरीर, मन और आत्मा को उसकी सेवा के लिए प्रशिक्षित करो। तुम अपना जीविकोपार्जन करोगे ताकि तुम उसके लिए जी सको। तुम विदेश जाकर विदेशी भूमि पर जाओगे ताकि तुम ज्ञान लेकर आ सको जिससे तुम उसकी सेवा कर सको। कार्य करो ताकि वह समृद्ध हो। कष्ट उठाओ ताकि वह आनंदित हो। सब कुछ उस एक ही सलाह में समाहित है।

एंड नोट्स (अंतिम टिप्पणियाँ)

इस अनुभाग में अतिरिक्त जानकारी शामिल है जो इस पुस्तक के कुछ अध्यायों का आधार बनती है। यह अनुभाग कई उप-खंडों में विभाजित है, जैसे आध्यात्मिक, नई शिक्षा नीति, शासन, और इनपुट जो मुझे दूसरों से प्राप्त हुए, आदि।

इन्हें इंटरनेट से लिया गया है और कुछ हद तक मॉडरेट किया गया है। पाठक को इन अनुभागों को पढ़ने, चिंतन करने, बिंदुओं को जोड़ने, स्वाध्याय करने में और दूसरों को प्रेरित करने के लिए प्रेरणा प्राप्त करने के लिए प्रोत्साहित किया जाता है।

धार्मिक एवं आध्यात्मिक नोट्स

इस खंड में पवित्र पुस्तकों और ईश्वर-प्राप्त आत्माओं की सिद्धांत शिक्षाएँ शामिल हैं। पाठक स्वयं इन शिक्षाओं में समानता देख सकते हैं, और निष्कर्ष निकाल सकते हैं।

भगवत गीता

भगवद गीता, जिसे अक्सर केवल गीता के रूप में जाना जाता है, एक 700 श्लोक वाला हिंदू धर्मग्रंथ है जो भारतीय महाकाव्य महाभारत का हिस्सा है। यह अर्जुन और श्री कृष्ण, जो उनके सारथी के रूप में कार्य करते हैं, के बीच एक संवाद है। गीता में दार्शनिक और आध्यात्मिक विषयों की एक विस्तृत श्रृंखला शामिल है, लेकिन इसकी कुछ मुख्य शिक्षाओं में शामिल हैं:

कर्तव्य और धर्म (धार्मिकता): गीता के केंद्रीय विषयों में से एक कर्तव्य (धर्म) की अवधारणा है। श्री कृष्ण ने अर्जुन को एक योद्धा के रूप में अपने कर्तव्यों को पूरा करने की सलाह दी, अपने कर्तव्यों को निस्वार्थ भाव से और परिणामों के प्रति आसक्त हुए बिना करने के महत्व पर जोर दिया।

वैराग्य और त्याग: गीता अपने कर्मों के फल से वैराग्य का महत्व सिखाती है। श्री कृष्ण अर्जुन को सलाह देते हैं कि सफलता या विफलता, सुख या दुख से जुड़े बिना अपने कर्तव्यों का पालन करें और परिणामों पर व्यक्तिगत स्वामित्व की भावना का त्याग करें।

योग और आत्म-साक्षात्कार: गीता आध्यात्मिक प्राप्ति के विभिन्न मार्गों की रूपरेखा बताती है, जिसमें कर्म योग (निःस्वार्थ कर्म का योग), भक्ति योग (भक्ति का योग), और ज्ञान योग (ज्ञान का योग) शामिल हैं। ये मार्ग अंततः आत्म-साक्षात्कार और परमात्मा के साथ मिलन की ओर ले जाते हैं।

समानता और एकता: श्री कृष्ण सिखाते हैं कि सभी प्राणी मूल रूप से दिव्य हैं और एक अंतर्निहित एकता है जो ब्रह्मांड में हर चीज को जोड़ती है। वह सभी प्राणियों के साथ समानता और करुणा का व्यवहार करने के महत्व पर जोर देते हैं।

मन का अनुशासन और नियंत्रण: गीता अनुशासन और मन के नियंत्रण के महत्व पर जोर देती है। श्री कृष्ण ने अर्जुन को आंतरिक शांति और आत्म-निपुणता प्राप्त करने के लिए ध्यान और ध्यान जैसी मन पर काबू पाने की तकनीकें सिखाईं।

आस्था और समर्पण: गीता परमात्मा में विश्वास और भगवान की इच्छा के प्रति समर्पण को प्रोत्साहित करती है। श्री कृष्ण ने अर्जुन को सलाह दी कि वह अपनी इच्छा को ईश्वरीय इच्छा के सामने समर्पित कर दे और विश्वास रखे कि ईश्वर उसे सही मार्ग पर ले जाएंगे।

कुल मिलाकर, भगवद गीता एक धार्मिक और पूर्ण जीवन जीने के लिए एक व्यापक मार्गदर्शिका प्रदान करती है, साथ ही स्वयं की प्रकृति, ब्रह्मांड और परमात्मा के बारे में गहन अंतर्दृष्टि भी प्रदान करती है। इसकी शिक्षाओं का हिंदू दर्शन और आध्यात्मिकता के साथ-साथ विश्व की व्यापक आध्यात्मिक और दार्शनिक परंपराओं पर गहरा प्रभाव पड़ा है।

पैगम्बर मुहम्मद साहब

पैगंबर मुहम्मद की मुख्य शिक्षाएँ, जैसा कि कुरान और हदीस (उनके कहे गए कथन और कार्य) के माध्यम से बताई गई हैं, आस्था, नैतिकता, आध्यात्मिकता और सामाजिक आचरण के विभिन्न पहलुओं को शामिल करती हैं। यहां पैगंबर मुहम्मद की कुछ केंद्रीय शिक्षाएं दी गई हैं:

एकेश्वरवाद (तौहीद): इस्लाम का प्राथमिक संदेश ईश्वर (अल्लाह) की एकता में विश्वास है। पैगंबर मुहम्मद ने एकेश्वरवाद के महत्व पर जोर दिया और बहुदेववाद को खारिज कर दिया, यह सिखाते हुए कि अल्लाह ब्रह्मांड का एकमात्र निर्माता, पालनकर्ता और शासक है।

ईश्वर की इच्छा के प्रति समर्पण (इस्लाम): "इस्लाम" शब्द का अर्थ ही ईश्वर की इच्छा के प्रति समर्पण है। पैगंबर मुहम्मद ने सिखाया कि सच्चे विश्वास में अपनी इच्छा को ईश्वर के सामने समर्पण करना और कुरान में प्रकट ईश्वर की आज्ञाओं के अनुसार जीने का प्रयास करना शामिल है।

करुणा और दया: पैगंबर मुहम्मद ने दूसरों के साथ बातचीत में करुणा और दया का उदाहरण दिया। उन्होंने अपने अनुयायियों को सभी प्राणियों के प्रति दयालु, दयालु और दयालु होना सिखाया, चाहे उनका धर्म, जाति या सामाजिक स्थिति कुछ भी हो।

न्याय और समानता: पैगंबर मुहम्मद ने जीवन के सभी पहलुओं में न्याय और समानता के महत्व पर जोर दिया। उन्होंने

सिखाया कि भगवान की नजर में सभी व्यक्ति समान हैं और उनके साथ निष्पक्ष और न्यायपूर्ण व्यवहार किया जाना चाहिए। उन्होंने शोषितों, गरीबों और हाशिये पर पड़े लोगों के अधिकारों की वकालत की।

विनम्रता और शील: मुस्लिम समुदाय के नेता के रूप में अपनी भूमिका के बावजूद, पैगंबर मुहम्मद ने विनम्र और संयमित जीवन व्यतीत किया। उन्होंने अपने अनुयायियों को व्यवहार में विनम्र और मर्यादित रहने तथा अहंकार और अभिमान से दूर रहने की शिक्षा दी।

क्षमा और धैर्य: पैगंबर मुहम्मद ने क्षमा और धैर्य के गुणों पर जोर दिया। उन्होंने सिखाया कि क्षमा शक्ति का प्रतीक है, कमजोरी का नहीं, और अपने अनुयायियों को उन लोगों को क्षमा करने के लिए प्रोत्साहित किया जिन्होंने उनके साथ अन्याय किया। उन्होंने जीवन की चुनौतियों और परीक्षणों का सामना करने में धैर्य के महत्व पर भी जोर दिया।

भाईचारा और एकता: पैगंबर मुहम्मद ने मुसलमानों के बीच एकता और भाईचारे के महत्व पर जोर दिया। उन्होंने सिखाया कि सभी मुसलमान एक ही उम्माह (समुदाय) का हिस्सा हैं और उन्हें एक-दूसरे का समर्थन और देखभाल करनी चाहिए।

प्रार्थना और पूजा: पैगंबर मुहम्मद ने ईश्वर से जुड़ने और उनका मार्गदर्शन और आशीर्वाद प्राप्त करने के साधन के रूप में नियमित प्रार्थना (सलात) और पूजा के महत्व पर जोर दिया।

उन्होंने पांच दैनिक प्रार्थनाओं को इस्लामी अभ्यास के केंद्रीय स्तंभ के रूप में स्थापित किया।

पैगंबर मुहम्मद की ये शिक्षाएं विश्व भर के मुसलमानों के लिए मार्गदर्शक सिद्धांतों के रूप में काम करती हैं, जो जीवन के सभी पहलुओं में उनकी मान्यताओं, दृष्टिकोण और कार्यों को आकार देती हैं।

यीशु मसीह

बाइबिल के नए नियम में दर्ज यीशु मसीह की मुख्य शिक्षाएँ ईश्वर की एकता, प्रेम, करुणा, क्षमा, विनम्रता और सेवा के विषयों के इर्द-गिर्द घूमती हैं। ईश्वर एक है और वह सबसे दयालु है। यहां यीशु से जुड़ी कुछ प्रमुख शिक्षाएं दी गई हैं:

प्रेम: यीशु ने प्रेम के महत्व पर जोर दिया और अपने अनुयायियों को एक-दूसरे से वैसे ही प्रेम करने की शिक्षा दी जैसे वे स्वयं से प्रेम करते हैं। इसमें अपने पड़ोसियों, दुश्मनों और यहां तक कि अजनबियों से प्यार करना शामिल है।

करुणा: यीशु ने हाशिए पर पड़े लोगों, बीमारों और पीड़ितों के प्रति करुणा दिखाई। उन्होंने अपने अनुयायियों को भी ऐसा ही करना सिखाया, उनसे अवश्यक्तामंद लोगों की देखभाल करने और सभी के प्रति दया और दया दिखाने का आग्रह किया।

क्षमा: यीशु ने क्षमा का उपदेश दिया, अपने अनुयायियों को उन लोगों को क्षमा करने के लिए प्रोत्साहित किया जिन्होंने उनके साथ अन्याय किया और अपने स्वयं के पापों के लिए क्षमा मांगी। उन्होंने सिखाया कि आध्यात्मिक विकास और उपचार के लिए क्षमा आवश्यक है।

विनम्रता: यीशु ने अपने पूरे जीवन में विनम्रता का उदाहरण दिया, अपने अनुयायियों को विनम्र होना और व्यक्तिगत महत्वाकांक्षा या गर्व से अधिक दूसरों की सेवा को प्राथमिकता देना सिखाया।

विश्वास: यीशु ने ईश्वर में विश्वास के महत्व पर जोर दिया और अपने अनुयायियों को ईश्वर के प्रेम, प्रावधान और मार्गदर्शन पर भरोसा करने के लिए प्रोत्साहित किया।

पश्चाताप: यीशु ने लोगों को पश्चाताप करने के लिए बुलाया, उनसे पाप से दूर होने और ईश्वर के साथ मेल-मिलाप करने का आग्रह किया। उन्होंने सिखाया कि सच्चा पश्चाताप आध्यात्मिक नवीनीकरण और परिवर्तन की ओर ले जाता है।

अनन्त जीवन: यीशु ने उन लोगों के लिए परमेश्वर के राज्य और अनन्त जीवन के वादे के बारे में सिखाया जो उस पर विश्वास करते हैं। उन्होंने अनन्त जीवन प्राप्त करने के लिए ईश्वर की इच्छा के अनुसार जीवन जीने के महत्व पर जोर दिया।

ये शिक्षाएँ ईसाई आस्था की नींव बनाती हैं और विश्व भर के ईसाइयों की मान्यताओं और प्रथाओं का केंद्र हैं। वे आज भी व्यक्तियों को प्रेम, करुणा और सेवा का जीवन जीने के लिए प्रेरित करते हैं।

गुरु नानक देव जी

सिख धर्म के संस्थापक, गुरु नानक ने कई प्रमुख शिक्षाओं का समर्थन किया जो सिख दर्शन की नींव बनाती हैं। गुरु नानक की कुछ मुख्य शिक्षाएँ इस प्रकार हैं:

ईश्वर की एकता (इक ओंकार): गुरु नानक ने एक निराकार, सर्वव्यापी और शाश्वत ईश्वर में विश्वास का उपदेश दिया, जिसे "इक ओंकार" कहा जाता है, जिसका अर्थ है "एक निर्माता।" उन्होंने इस बात पर जोर दिया कि केवल एक ही ईश्वर है जो ब्रह्मांड का निर्माता है और सभी सृष्टि में मौजूद है।

समानता और भाईचारा: गुरु नानक ने जाति, पंथ, लिंग या सामाजिक स्थिति की परवाह किए बिना सभी मनुष्यों की समानता की दृढ़ता से वकालत की। उन्होंने मानव भाईचारे, सभी के लिए प्रेम, करुणा और सम्मान को बढ़ावा देने के विचार पर जोर दिया।

सेवा और दान: गुरु नानक ने निस्वार्थ सेवा (सेवा) और दान (दान) के महत्व पर जोर दिया। वह अवश्यक्तामंद लोगों की मदद करने और भगवान के प्रति समर्पण व्यक्त करने के तरीके के रूप में समुदाय की सेवा करने में विश्वास करते थे।

नाम सिमरन (भगवान के नाम पर ध्यान): गुरु नानक ने भगवान से जुड़ने और आध्यात्मिक ज्ञान प्राप्त करने के साधन के रूप में दिव्य नाम को याद करने और ध्यान करने के महत्व पर जोर दिया। सिख प्रथा में भगवान के नाम (नाम जपना) को दोहराना आवश्यक माना जाता है।

ईमानदार जीवन और कड़ी मेहनत: गुरु नानक ने स्वयं को बनाए रखने और समाज में सकारात्मक योगदान देने के साधन के रूप में ईमानदार जीवन और कड़ी मेहनत को प्रोत्साहित किया। उन्होंने तपस्या की धारणा को खारिज कर दिया और ईश्वर से आध्यात्मिक रूप से जुड़े रहते हुए सांसारिक जीवन जीने के महत्व पर जोर दिया।

अनुष्ठानों और अंधविश्वासों को अस्वीकार करना: गुरु नानक ने सच्ची भक्ति और समझ से रहित खोखले अनुष्ठानों, अंधविश्वासों और बाहरी धार्मिक प्रथाओं की आलोचना की। उन्होंने सतही अनुष्ठानों के स्थान पर आंतरिक पवित्रता, ईमानदारी और ईश्वर के प्रति सच्ची भक्ति पर जोर दिया।

विनम्रता और संतोष: गुरु नानक ने आध्यात्मिक विकास के लिए आवश्यक गुणों के रूप में विनम्रता (निम्रता) और संतोष (संतोष) के महत्व को सिखाया। उन्होंने आध्यात्मिक प्रगति के लिए प्रयास करते हुए विनम्र और अपनी परिस्थितियों से संतुष्ट रहने की आवश्यकता पर जोर दिया।

मानव जाति की एकता: गुरु नानक ने एक ऐसी विश्व की कल्पना की जहां विभिन्न पृष्ठभूमि के लोग शांतिपूर्वक

सह-अस्तित्व में रहें, मानव जाति की एकता को पहचानते हुए विविधता को अपनाएं। उन्होंने धार्मिक, सामाजिक या जातीय मतभेदों के आधार पर विभाजन और संघर्ष के खिलाफ बात की।

गुरु नानक की ये शिक्षाएँ भारत और विश्व भर में लाखों लोगों को मार्गदर्शन और प्रेरणा देती रहती हैं, उनकी आध्यात्मिक मान्यताओं को आकार देती हैं और दैनिक जीवन में उनके कार्यों का मार्गदर्शन करती हैं।

भगवान गौतम बुद्ध

बौद्ध धर्म के संस्थापक गौतम बुद्ध ने विभिन्न शिक्षाएँ दीं जो इस आध्यात्मिक परंपरा की नींव हैं। गौतम बुद्ध की कुछ मुख्य शिक्षाएँ शामिल हैं:

चार आर्य सत्य:

दुक्खा (पीड़ा): जीवन दुख, असंतोष या असंतोष से चिह्नित है।

समुदय (दुख की उत्पत्ति): दुख का कारण इच्छा, लालसा या लगाव है।

निरोध (दुख की समाप्ति): इच्छा और आसक्ति को समाप्त करके दुख को समाप्त करने का एक तरीका है।

मग्गा (दुख की समाप्ति का मार्ग): अष्टांगिक मार्ग, सिद्धांतों और प्रथाओं का एक समूह जो पीड़ा की समाप्ति की ओर ले जाता है।

महान अष्टांगिक मार्ग:

सही समझ

सही विचार

सम्यक वाणी

सही कार्रवाई

सही आजीविका

सही प्रयास

सही दिमागीपन

सही एकाग्रता

अनित्यता (अनिका): यह शिक्षा कि जीवन सहित सभी चीजें अनित्य हैं और परिवर्तन के अधीन हैं।

गैर-स्व (अनत्ता): यह अवधारणा कि कोई स्थायी, अपरिवर्तनीय स्व या आत्मा नहीं है, बल्कि तत्वों का एक निरंतर बदलता संग्रह है।

कर्म: कारण और प्रभाव का नियम, जहां कार्यों के परिणाम होते हैं, और नैतिक व्यवहार से सकारात्मक परिणाम मिलते हैं।

करुणा और प्रेमपूर्ण दयालुता (मेटा): स्वयं और दूसरों के प्रति दया, करुणा और सहानुभूति विकसित करने का महत्व।

माइंडफुलनेस (सती): प्रत्येक क्षण में पूरी तरह से जागरूक और मौजूद रहना, बिना किसी लगाव या निर्णय के विचारों, भावनाओं और संवेदनाओं का अवलोकन करना।

ये शिक्षाएँ पीड़ा पर काबू पाने और आत्मज्ञान (निर्वाण) प्राप्त करने में नैतिक आचरण, मानसिक अनुशासन और ज्ञान के महत्व पर जोर देती हैं।

भगवान वर्धमान महावीर

वर्धमान महावीर, जिन्हें केवल महावीर या भगवान महावीर के नाम से भी जाना जाता है, प्राचीन भारतीय धर्म जैन धर्म के 24वें तीर्थंकर (एक श्रद्धेय शिक्षक) थे। उनकी शिक्षाएँ मुख्य रूप से जैन धर्म के सिद्धांतों में समाहित हैं, जो अहिंसा (अहिंसा), सत्यवादिता (सत्य), चोरी न करना (अस्तेय), ब्रह्मचर्य (ब्रह्मचर्य), और अपरिग्रह या अपरिग्रह पर जोर देती हैं। यहां महावीर से जुड़ी कुछ मुख्य शिक्षाएं दी गई हैं:

अहिंसा (अहिंसा): यह जैन धर्म के मूल सिद्धांतों में से एक है। महावीर ने किसी भी जीवित प्राणी को नुकसान से बचने के महत्व पर जोर दिया, चाहे वह मनुष्य हो, जानवर हो, या यहाँ तक कि पौधे भी हों। यह सिद्धांत शारीरिक हिंसा से आगे बढ़कर मानसिक और मौखिक क्षति को भी शामिल करता है।

सत्य (सच्चाई): महावीर ने विचार, शब्द और कार्य में सत्यता के महत्व पर जोर दिया। जैन धर्म के अनुयायियों को हमेशा सच बोलने और ईमानदारी और निष्ठा के साथ जीवन जीने के लिए प्रोत्साहित किया जाता है।

अस्तेय (चोरी न करना): अस्तेय का अर्थ है बिना अनुमति के चोरी करने या कोई ऐसी चीज़ लेने से बचना जो आपकी नहीं है। महावीर ने सिखाया कि अनुयायियों को ईमानदारी से अपना जीवन यापन करना चाहिए और जो दूसरों का हक है उसे लेने से बचना चाहिए।

ब्रह्मचर्य (ब्रह्मचर्य): यह सिद्धांत विशेष रूप से यौन आचरण के संदर्भ में आत्म-संयम और किसी की इच्छाओं पर नियंत्रण पर जोर देता है। महावीर ने सांसारिक आसक्तियों और विकर्षणों पर काबू पाने के साधन के रूप में ब्रह्मचर्य की वकालत की।

अपरिग्रह (गैर-कब्जा/गैर-लगाव): अपरिग्रह भौतिक संपत्ति और सांसारिक लगाव से वैराग्य सिखाता है। महावीर का मानना था कि सच्ची मुक्ति केवल भौतिक धन और संपत्ति की इच्छाओं को छोड़कर ही प्राप्त की जा सकती है।

अनेकांतवाद (गैर-निरपेक्षता का सिद्धांत): महावीर ने अनेकांतवाद की अवधारणा को भी बढ़ावा दिया, जो दृष्टिकोण की बहुलता और इस विचार को स्वीकार करता है कि सत्य बहुआयामी है। यह सिद्धांत विभिन्न दृष्टिकोणों के प्रति सहिष्णुता, समझ और सम्मान को प्रोत्साहित करता है।

कर्म सिद्धांत: कई भारतीय दार्शनिक परंपराओं की तरह, जैन धर्म भी कर्म की अवधारणा को मानता है। महावीर ने सिखाया कि प्रत्येक क्रिया, चाहे वह शारीरिक हो, मौखिक हो या मानसिक, उसके परिणाम होते हैं जो व्यक्ति के भविष्य के अनुभवों को प्रभावित करते हैं। नैतिक जीवन और आध्यात्मिक प्रथाओं के माध्यम से, व्यक्ति अपने कर्म को शुद्ध कर सकते हैं और आध्यात्मिक मुक्ति की ओर प्रगति कर सकते हैं।

महावीर की शिक्षाएँ आत्म-अनुशासन और अहिंसा के माध्यम से आंतरिक शांति, नैतिक आचरण और आध्यात्मिक मुक्ति की खेती पर जोर देती हैं। उनकी शिक्षाएँ विश्व भर में जैन धर्म के लाखों अनुयायियों और अन्य लोगों को प्रेरित करती रहती हैं।

स्वामी विवेकानंद

आधुनिक भारत के सबसे प्रतिष्ठित आध्यात्मिक नेताओं और विचारकों में से एक, स्वामी विवेकानन्द (1863-1902) ने हिंदू दर्शन के पुनरुद्धार और अंतर-धार्मिक संवाद और समझ को बढ़ावा देने में महत्वपूर्ण योगदान दिया। उनकी शिक्षाएँ विश्व भर में लाखों लोगों को प्रेरित करती रहती हैं, और उनका प्रभाव उनके जीवनकाल से कहीं अधिक तक फैला हुआ है। यहां उनके योगदान और उनके मार्गदर्शन से प्रभावित कुछ प्रमुख व्यक्तियों का अवलोकन दिया गया है:

हिंदू धर्म का पुनरुद्धार: स्वामी विवेकानंद ने हिंदू धर्म को पुनर्जीवित करने और इसके सिद्धांतों और प्रथाओं को वैश्विक दर्शकों के सामने लाने में महत्वपूर्ण भूमिका निभाई। उन्होंने

हिंदू दर्शन की सार्वभौमिकता और आधुनिक जीवन में इसकी प्रासंगिकता पर जोर दिया। 1893 में शिकागो में विश्व धर्म संसद में विवेकानंद के भाषणों ने हिंदू धर्म को पश्चिमी विश्व से परिचित कराया और व्यापक प्रशंसा प्राप्त की। उनकी शिक्षाओं में धर्मों के सामंजस्य और हठधर्मिता या अनुष्ठान से अधिक आध्यात्मिक अनुभूति के महत्व पर जोर दिया गया।

वेदांत का प्रचार: स्वामी विवेकानन्द वेदांत के प्रबल समर्थक थे, जो हिंदू धर्म का दार्शनिक आधार है जो सभी अस्तित्व की एकता और आत्मा की दिव्यता पर जोर देता है। उन्होंने अपने व्याख्यानों, लेखों और व्यक्तिगत उदाहरण के माध्यम से वेदांतिक शिक्षाओं को लोकप्रिय बनाया, जिससे अनगिनत व्यक्तियों को अपनी आध्यात्मिकता की गहराई का पता लगाने के लिए प्रेरणा मिली। वेदांत की विवेकानन्द की व्याख्या ने दैनिक जीवन में इसके व्यावहारिक अनुप्रयोग और सामाजिक सुधार और सेवा में इसकी प्रासंगिकता पर जोर दिया।

सेवा को बढ़ावा देना: स्वामी विवेकानन्द अपनी आध्यात्मिक क्षमता को साकार करने और दूसरों की पीड़ा को कम करने के साधन के रूप में निस्वार्थ सेवा के महत्व में विश्वास करते थे। उन्होंने रामकृष्ण मिशन और रामकृष्ण मठ की स्थापना की, जो मानवीय कार्य, शिक्षा और आध्यात्मिक उत्थान के लिए समर्पित संगठन थे। कर्म योग (निःस्वार्थ कर्म का योग) पर विवेकानन्द की शिक्षाओं ने कई लोगों को करुणा और विनम्रता के साथ मानवता की सेवा के लिए खुद को समर्पित करने के लिए प्रेरित किया।

युवाओं का सशक्तिकरण: स्वामी विवेकानन्द का भारत के युवाओं पर गहरा प्रभाव पड़ा, जिससे उन्हें आत्मविश्वास, आत्मनिर्भरता और राष्ट्रीय गौरव की भावना पैदा करने की प्रेरणा मिली। विश्व धर्म संसद में उनका प्रसिद्ध भाषण, "अमेरिका की बहनों और भाइयों" शब्दों से शुरू हुआ, युवा भारतीयों के साथ गहराई से जुड़ा और उनमें सांस्कृतिक गौरव और पहचान की भावना पैदा हुई। विवेकानन्द की आत्म-अनुशासन, साहस और दृढ़ता की शिक्षाएँ विश्व भर के युवाओं को उत्कृष्टता के लिए प्रयास करने और समाज में सकारात्मक योगदान देने के लिए प्रेरित करती रहती हैं।

विवेकानन्द से प्रभावित प्रमुख व्यक्ति:

महात्मा गांधी: भारत के अहिंसक स्वतंत्रता आंदोलन के नेता महात्मा गांधी, सत्य, अहिंसा और सेवा पर स्वामी विवेकानन्द की शिक्षाओं से गहराई से प्रभावित थे। गांधीजी विवेकानन्द को अपना आध्यात्मिक गुरु मानते थे और उनके लेखों तथा भाषणों से प्रेरणा लेते थे।

भगिनी निवेदिता: स्वामी विवेकानन्द की शिष्या भगिनी निवेदिता ने अपना जीवन भारत और उसके लोगों की सेवा में समर्पित कर दिया। उन्होंने विवेकानन्द की निस्वार्थ सेवा और आध्यात्मिक सक्रियता के आदर्शों का अनुसरण करते हुए शिक्षा, महिला सशक्तिकरण और सामाजिक सुधार को बढ़ावा देने में महत्वपूर्ण भूमिका निभाई।

जमशेदजी टाटा: टाटा समूह के संस्थापक जमशेदजी टाटा, स्वामी विवेकानंद के पुनर्जीवित भारत के दृष्टिकोण और शिक्षा, नवाचार और सामाजिक जिम्मेदारी पर उनके जोर से प्रेरित थे। शैक्षणिक संस्थानों और अनुसंधान केंद्रों की स्थापना सहित टाटा के परोपकारी प्रयास, राष्ट्र-निर्माण और आर्थिक आत्मनिर्भरता पर विवेकानंद की शिक्षाओं से प्रभावित थे।

एक आध्यात्मिक नेता, समाज सुधारक और सार्वभौमिक मूल्यों के समर्थक के रूप में स्वामी विवेकानन्द की विरासत सभी पृष्ठभूमियों और संस्कृतियों के लोगों को प्रेरित करती रहती है। धर्मों की एकता, मानव आत्मा की दिव्यता और निस्वार्थ सेवा की शक्ति पर उनकी शिक्षाएँ आधुनिक विश्व की चुनौतियों का समाधान करने और सभी लोगों के बीच सद्भाव, करुणा और समझ को बढ़ावा देने में प्रासंगिक बनी हुई हैं।

श्री अरबिंदो (1872-1950)

एक प्रमुख भारतीय दार्शनिक, योगी और राष्ट्रवादी नेता श्री अरबिंदो ने भारतीय स्वतंत्रता आंदोलन और आध्यात्मिक उत्थान दोनों में महत्वपूर्ण भूमिका निभाई। 20वीं सदी की शुरुआत में एक प्रभावशाली व्यक्ति के रूप में, वह ब्रिटिश औपनिवेशिक शासन से भारत की आजादी के एक प्रखर समर्थक के रूप में उभरे। अरबिंदो ने आत्मनिर्भरता, सांस्कृतिक कायाकल्प और राजनीतिक संप्रभुता की वकालत करते हुए जनता को प्रेरित करने के लिए अपनी बौद्धिक शक्ति और वक्तृत्व कौशल का उपयोग किया। उनके उग्र भाषणों और लेखों

ने स्वतंत्रता सेनानियों और राष्ट्रवादियों की एक पीढ़ी को प्रेरित किया, जिससे उन्हें भारतीय उपमहाद्वीप में प्रशंसा और सम्मान मिला।

भारतीय स्वतंत्रता आंदोलन में श्री अरबिंदो का योगदान इंग्लैंड में उनके वर्षों के दौरान स्पष्ट होना शुरू हुआ, जहां उन्होंने उच्च अध्ययन किया। पश्चिमी दार्शनिक और राजनीतिक विचारों के संपर्क में आने पर, उन्होंने राष्ट्रवादी आदर्शों में गहरी रुचि विकसित की। हालाँकि, 1893 में भारत लौटने पर श्री अरबिंदो की राजनीतिक सक्रियता में तेजी आई। वह भारतीय राष्ट्रीय कांग्रेस में शामिल हो गए और ब्रिटिश औपनिवेशिक शासन से भारत की मुक्ति के आसपास सक्रिय रूप से चर्चा में लगे रहे।

भारतीय स्वतंत्रता संग्राम में श्री अरबिंदो की भूमिका उनके विपुल लेखन और वक्तृत्व कौशल के माध्यम से प्रकट हुई। वह अपने क्रांतिकारी विचारों को प्रचारित करने के लिए एक मंच के रूप में उपयोग करते हुए, राष्ट्रवादी समाचार पत्र "बंदे मातरम" के संपादक बने। उनके प्रेरक लेखों और भाषणों ने भारतीय जनता को प्रेरित किया और उनसे ब्रिटिश साम्राज्यवाद की बेड़ियों से मुक्त होने का आग्रह किया। श्री अरबिंदो के राष्ट्रवादी उत्साह और बौद्धिक कौशल ने उन्हें ब्रिटिश शासन से पूर्ण स्वतंत्रता की वकालत करने वाली अग्रणी वाणी में से एक के रूप में स्थापित किया।

हालाँकि, श्री अरबिंदो का योगदान राजनीतिक क्षेत्र तक ही सीमित नहीं था। 1908 में, क्रांतिकारी गतिविधियों के सिलसिले

में उनकी गिरफ्तारी के बाद, जेल में रहने के दौरान उन्हें एक परिवर्तनकारी आध्यात्मिक अनुभव से गुजरना पड़ा। इस गहन जागृति ने उनके जीवन में एक महत्वपूर्ण मोड़ ला दिया, जिससे उनका ध्यान राजनीतिक सक्रियता से हटकर आध्यात्मिक अन्वेषण पर केंद्रित हो गया।

श्री अरबिंदो की आध्यात्मिक यात्रा उन्हें योग और रहस्यवाद के दायरे में गहराई तक ले गई। उन्होंने गीता, उपनिषद, वेदांत जैसे विविध स्रोतों और प्लेटो और नीत्शे जैसे पश्चिमी दार्शनिकों के कार्यों से प्रेरणा लेते हुए पूर्वी और पश्चिमी आध्यात्मिक दर्शन का संश्लेषण किया। श्री अरबिंदो के एकात्म योग दर्शन ने चेतना के विकास और प्रत्येक व्यक्ति के भीतर दिव्य क्षमता की प्राप्ति पर जोर दिया।

1910 में, श्री अरबिंदो सार्वजनिक जीवन से हट गए और एकांत में अपनी आध्यात्मिक प्रथाओं को आगे बढ़ाने के लिए पांडिचेरी, जो उस समय एक फ्रांसीसी उपनिवेश था, में बस गए। वहां, उनकी आध्यात्मिक साथी द मदर ने श्री अरबिंदो आश्रम की स्थापना की, जो विश्व भर के साधकों को आकर्षित करने वाला एक जीवंत आध्यात्मिक समुदाय बन गया। श्री अरबिंदो की शिक्षाओं ने, उनके कई लेखों और व्यक्तिगत मार्गदर्शन के माध्यम से प्रचारित किया, आध्यात्मिकता के लिए एक नए दृष्टिकोण को प्रेरित किया - जिसने विश्व में सक्रिय जुड़ाव के साथ आंतरिक परिवर्तन की खोज को एकीकृत किया।

श्री अरबिंदो की दृष्टि के केंद्र में "दिव्य जीवन" की अवधारणा थी, जिसमें व्यक्ति अपने विचारों, कार्यों और आकांक्षाओं को दिव्य इच्छा के साथ संरेखित करना चाहते हैं। उन्होंने इस दृष्टि को "द लाइफ डिवाइन" और "एसेज़ ऑन द गीता" जैसे कार्यों में व्यक्त किया, जो अस्तित्व की अभिन्न एकता और इसकी अंतिम पूर्ति के लिए चेतना की विकासवादी यात्रा को उजागर करता है।

परमहंस योगानंद (1893 - 1952)

परमहंस योगानंद, एक सम्मानित आध्यात्मिक शिक्षक और सेल्फ़-रियलाइज़ेशन फ़ेलोशिप (एसआरएफ) और भारत की योगोदा सत्संग सोसाइटी (वाईएसएस) के संस्थापक, ने विशेष रूप से अमेरिका (और पश्चिम) में योग और ध्यान प्रथाओं के प्रसार में गहरा योगदान दिया। 20 वीं सदी। 1893 में भारत में मुकुंद लाल घोष के रूप में जन्मे योगानंद ने छोटी उम्र से ही आध्यात्मिकता के प्रति गहरा झुकाव प्रदर्शित किया। वह स्वामी श्री युक्तेश्वर गिरि के शिष्य बन गए और बाद में पश्चिमी विश्व को योग की प्राचीन शिक्षाओं से परिचित कराने के मिशन पर निकल पड़े।

परमहंस योगानंद का सबसे महत्वपूर्ण योगदान क्रिया योग को लोकप्रिय बनाने में है, जो एक आध्यात्मिक अनुशासन है जिसका उद्देश्य ध्यान, आत्म-अनुशासन और शरीर के भीतर सूक्ष्म ऊर्जा को जागृत करने के माध्यम से आत्म-साक्षात्कार प्राप्त करना है। 1946 में प्रकाशित उनकी मौलिक कृति,

"ऑटोबायोग्राफी ऑफ़ ए योगी", बेस्टसेलर बन गई और विश्व भर में लाखों पाठकों को योग और ध्यान के सिद्धांतों से परिचित कराया। यह पुस्तक साधकों को आध्यात्मिक पथ पर प्रेरित करती रहती है और इसका कई भाषाओं में अनुवाद किया गया है।

योगानंद के मार्गदर्शन से प्राप्त सबसे प्रमुख व्यक्तियों में से एक द बीटल्स के प्रमुख गिटारवादक जॉर्ज हैरिसन थे। पूर्वी आध्यात्मिकता में अपनी रुचि के लिए जाने जाने वाले हैरिसन ने अपनी आध्यात्मिक यात्रा पर महत्वपूर्ण प्रभाव के रूप में योगानंद की शिक्षाओं को श्रेय दिया। "ऑटोबायोग्राफी ऑफ ए योगी" के साथ हैरिसन की मुलाकात ने योग और ध्यान में आजीवन रुचि जगाई, जिससे उनकी व्यक्तिगत और रचनात्मक गतिविधियों को आकार मिला।

परमहंस योगानंद से प्रभावित एक और उल्लेखनीय व्यक्ति महात्मा गांधी थे, जो भारत के अहिंसक स्वतंत्रता आंदोलन के नेता थे। जबकि महात्मा गांधी का आध्यात्मिक मार्ग योगानंद से भिन्न था, उन्होंने योगी की शिक्षाओं के लिए प्रशंसा व्यक्त की और अपने जीवन और नेतृत्व में आध्यात्मिक प्रथाओं की भूमिका को स्वीकार किया। योगानंद का सार्वभौमिक प्रेम और सद्भाव का संदेश महात्मा गांधी के अहिंसा और सर्वोदय (सभी का कल्याण) के दर्शन के साथ प्रतिध्वनित होता है।

नीब करोरी बाबा (1900 - 1973)

नीम करोली बाबा, जिन्हें महाराज-जी के नाम से भी जाना जाता है, एक श्रद्धेय संत और आध्यात्मिक शिक्षक थे, जिन्होंने अपनी सरल लेकिन गहन शिक्षाओं और बिना शर्त प्यार और करुणा के अवतार के लिए व्यापक मान्यता प्राप्त की। 1900 में भारत के उत्तर प्रदेश के अकबरपुर गाँव में जन्मे, उन्होंने छोटी उम्र से ही आध्यात्मिक रुझान प्रदर्शित किया। नीम करोली बाबा की शिक्षाओं ने धार्मिक सीमाओं को पार किया और हिंदू, मुस्लिम, ईसाई और पश्चिमी साधकों सहित विभिन्न पृष्ठभूमियों के अनुयायियों को आकर्षित किया।

नीम करोली बाबा के मार्गदर्शन से प्राप्त सबसे प्रमुख व्यक्तियों में से एक राम दास थे, जिन्हें पहले रिचर्ड अल्परट के नाम से जाना जाता था, जो एक हार्वर्ड मनोवैज्ञानिक और 1960 के दशक में साइकेडेलिक आंदोलन के अग्रणी थे। भारत में नीम करोली बाबा के साथ राम दास की मुलाकात एक जीवन बदलने वाला अनुभव साबित हुई, जिससे उन्हें एक आध्यात्मिक यात्रा शुरू हुई जिसने उनकी चेतना की समझ और वास्तविकता की प्रकृति को बदल दिया। राम दास महाराज-जी के एक समर्पित शिष्य बन गए और उन्होंने अपनी पुस्तकों और व्याख्यानों के माध्यम से पश्चिम में उनकी शिक्षाओं को पेश करने में महत्वपूर्ण भूमिका निभाई, जिसमें बेस्टसेलिंग "बी हियर नाउ" भी शामिल है।

नीम करोली बाबा की कृपा से छुआ गया एक और प्रभावशाली व्यक्ति ऐप्पल इंक के सह-संस्थापक स्टीव जॉब्स थे। जॉब्स ने आध्यात्मिक ज्ञान की तलाश में 1970 के दशक में भारत की

यात्रा की और महाराज-जी के साथ उनकी गहरी मुलाकात हुई। हालाँकि जॉब्स ने नीम करोली बाबा के साथ ज्यादा समय नहीं बिताया, लेकिन इस मुलाकात ने उन पर एक अमिट छाप छोड़ी, जिसने जीवन और काम के प्रति उनके दृष्टिकोण को आकार दिया। जॉब्स अक्सर अपनी रचनात्मक प्रक्रिया में अंतर्ज्ञान और आध्यात्मिक अंतर्ज्ञान के महत्व के बारे में बात करते थे, जिसका श्रेय उन्होंने भारत में अपने अनुभवों को दिया।

नीम करोली बाबा की शिक्षाओं ने आध्यात्मिक अनुभूति प्राप्त करने के साधन के रूप में प्रेम की सार्वभौमिकता और निस्वार्थ सेवा (सेवा) के महत्व पर जोर दिया। वह अक्सर अपने अनुयायियों को ईश्वरीय इच्छा के प्रति विश्वास (श्रद्‌धा) और समर्पण (शरणगति) विकसित करने के लिए प्रोत्साहित करते थे, और सिखाते थे कि सच्ची स्वतंत्रता अहंकार को आत्मसमर्पण करने और खुद को अनुग्रह के प्रवाह के साथ संरेखित करने में निहित है।

नीम करोली बाबा का प्रभाव उनकी भौतिक उपस्थिति से कहीं अधिक था, क्योंकि उनके चमत्कारों और दयालु कार्यों की कहानियाँ विश्व भर में अनगिनत व्यक्तियों को प्रेरित करती रहती हैं। भारत में उनके आश्रम, विशेष रूप से उत्तराखंड में कैंची धाम आश्रम, सांत्वना और मार्गदर्शन चाहने वाले भक्तों के लिए आध्यात्मिक अभ्यास और तीर्थयात्रा के केंद्र के रूप में काम करते हैं।

निष्कर्षतः, नीम करोली बाबा की शिक्षाएँ सांस्कृतिक और धार्मिक सीमाओं से परे, आध्यात्मिक पथ पर चलने वाले साधकों के बीच गूंजती रहती हैं। बिना शर्त प्यार, करुणा और निस्वार्थ सेवा के अपने उदाहरण के माध्यम से, उन्होंने अनगिनत व्यक्तियों के जीवन को प्रभावित किया, जिनमें विभिन्न क्षेत्रों की प्रमुख हस्तियां भी शामिल थीं। उनकी विरासत आध्यात्मिक जागृति की तलाश में प्रेम और भक्ति की परिवर्तनकारी शक्ति के प्रमाण के रूप में कायम है।

एनईपी *2020*

नई शिक्षा नीति 2020 भारतीय शिक्षा प्रणाली में एक महत्वपूर्ण बदलाव का प्रतिनिधित्व करती है, जो शिक्षा के लिए शिक्षार्थी-केंद्रित, समग्र और लचीले दृष्टिकोण पर जोर देती है। यह समावेशिता, समानता और सामाजिक एकजुटता को बढ़ावा देते हुए तेजी से बदलती विश्व में आगे बढ़ने के लिए आवश्यक ज्ञान, कौशल और मूल्यों के साथ शिक्षार्थियों को सशक्त बनाना चाहता है। हालाँकि, एनईपी 2020 के सफल कार्यान्वयन के लिए नीति निर्माताओं, शिक्षकों, अभिभावकों और नागरिक समाज संगठनों सहित सभी हितधारकों के ठोस प्रयासों की आवश्यकता होगी।

श्री अरबिंदो के दर्शन और शिक्षा के दृष्टिकोण का नई शिक्षा नीति (एनईपी) 2020 पर महत्वपूर्ण प्रभाव पड़ा है, विशेष रूप से शिक्षा के लिए इसके समग्र और अभिन्न दृष्टिकोण को आकार देने में। हालांकि नीति पर श्री अरबिंदो के प्रत्यक्ष प्रभाव का

स्पष्ट रूप से उल्लेख नहीं किया जा सकता है, शिक्षा, चेतना और मानव क्षमता पर उनके विचारों ने भारत में शैक्षिक सुधार पर व्यापक चर्चा को सूचित किया है। यहां कुछ तरीके दिए गए हैं जिनसे एनईपी 2020 में श्री अरबिंदो का प्रभाव देखा जा सकता है:

समग्र विकास: श्री अरबिंदो ने शारीरिक, मानसिक, भावनात्मक और आध्यात्मिक आयामों को शामिल करते हुए व्यक्ति के अभिन्न विकास पर जोर दिया। इसी तरह, एनईपी 2020 शिक्षा के लिए एक समग्र दृष्टिकोण की वकालत करता है जो शिक्षार्थियों के समग्र कल्याण और विकास को बढ़ावा देने के लिए अकादमिक शिक्षा से परे है। यह नीति श्री अरबिंदो के समग्र शिक्षा के दृष्टिकोण के अनुरूप संज्ञानात्मक, सामाजिक-भावनात्मक और शारीरिक कौशल के पोषण के महत्व पर जोर देती है।

कला और संस्कृति का एकीकरण: श्री अरबिंदो ने रचनात्मकता, कल्पना और नैतिक मूल्यों को बढ़ावा देने के लिए शिक्षा में कला, संस्कृति और मूल्यों को एकीकृत करने के महत्व पर जोर दिया। एनईपी 2020 शिक्षा के सभी स्तरों पर भारतीय भाषाओं, कला और संस्कृति के अध्ययन की वकालत करते हुए भारत की भाषाई और सांस्कृतिक विरासत के संरक्षण और प्रचार पर जोर देती है। सांस्कृतिक एकीकरण और मूल्य-आधारित शिक्षा पर यह जोर श्री अरबिंदो की शिक्षा को आध्यात्मिक और सांस्कृतिक उत्थान के साधन के रूप में देखने के अनुरूप है।

उच्च चेतना का विकास: श्री अरबिंदो का शिक्षा दर्शन उच्च स्तर की चेतना के विकास और प्रत्येक व्यक्ति के भीतर दिव्य क्षमता की प्राप्ति पर जोर देता है। हालांकि एनईपी 2020 स्पष्ट रूप से आध्यात्मिक विकास का उल्लेख नहीं कर सकता है, लेकिन महत्वपूर्ण सोच, रचनात्मकता और नैतिक मूल्यों को बढ़ावा देने पर इसका जोर शिक्षार्थियों के समग्र विकास को बढ़ावा देने और उनकी आंतरिक क्षमता को जागृत करने के व्यापक लक्ष्य के साथ संरेखित है।

लचीलापन और अनुकूलनशीलता: श्री अरबिंदो ने समाज और व्यक्ति की बढ़ती अवश्यक्ताों के लिए शिक्षा को लचीला और अनुकूलनीय बनाने की आवश्यकता पर जोर दिया। एनईपी 2020 एक लचीले पाठ्यक्रम ढांचे की वकालत करता है जो कम उम्र से ही बहु-विषयक शिक्षा, अनुभवात्मक शिक्षा और व्यावसायिक शिक्षा को बढ़ावा देता है। यह नीति तेजी से बदलती विश्व में व्यक्तियों को आगे बढ़ने के लिए सशक्त बनाने के लिए आजीवन सीखने और कौशल विकास के महत्व पर भी जोर देती है।

शिक्षकों की भूमिका: श्री अरबिंदो शिक्षकों को आध्यात्मिक मार्गदर्शक और संरक्षक मानते थे जो शिक्षार्थियों के समग्र विकास को बढ़ावा देने में महत्वपूर्ण भूमिका निभाते हैं। एनईपी 2020 अपने छात्रों के लिए समृद्ध शिक्षण अनुभव बनाने के लिए शिक्षकों को सशक्त बनाने के लिए शिक्षक प्रशिक्षण, निरंतर व्यावसायिक विकास और स्वायत्तता के महत्व पर जोर देता है। शिक्षकों की महत्वपूर्ण भूमिका की यह मान्यता प्रबुद्ध

शिक्षकों द्वारा निर्देशित एक सहयोगात्मक और परिवर्तनकारी प्रक्रिया के रूप में शिक्षा के श्री अरबिंदो के दृष्टिकोण के अनुरूप है।

इसी तरह, भारत के आध्यात्मिक और शैक्षिक परिदृश्य में एक महान व्यक्तित्व स्वामी विवेकानंद का नई शिक्षा नीति (एनईपी) 2020 पर गहरा प्रभाव पड़ा है। संपूर्ण व्यक्ति के विकास के उद्देश्य से एक समग्र और परिवर्तनकारी प्रक्रिया के रूप में शिक्षा के बारे में उनका दृष्टिकोण प्रतिध्वनित हुआ है। नीति को आकार देने वाले नीति निर्माताओं और शिक्षकों के साथ गहराई से। यहां कुछ तरीके दिए गए हैं जिनसे एनईपी 2020 में स्वामी विवेकानंद का प्रभाव देखा जा सकता है:

समग्र विकास पर जोर: स्वामी विवेकानन्द ने शारीरिक, मानसिक, भावनात्मक और आध्यात्मिक आयामों को शामिल करते हुए व्यक्तियों के समग्र विकास पर जोर दिया। इसी तरह, एनईपी 2020 शिक्षा के लिए एक समग्र दृष्टिकोण की वकालत करता है जो शिक्षार्थियों के समग्र कल्याण और विकास को बढ़ावा देने के लिए अकादमिक शिक्षा से परे जाता है। यह नीति स्वामी विवेकानन्द के समग्र शिक्षा के दृष्टिकोण के अनुरूप संज्ञानात्मक, सामाजिक-भावनात्मक और शारीरिक कौशल के पोषण के महत्व पर जोर देती है।

मूल्यों और नैतिकता को बढ़ावा देना: स्वामी विवेकानंद ने शिक्षा में नैतिक और नैतिक मूल्यों के महत्व पर जोर दिया, बौद्धिक विकास के साथ-साथ चरित्र और सदाचार की खेती की वकालत

की। एनईपी 2020 इसी तरह नैतिक और मानवीय मूल्यों को बढ़ावा देने पर जोर देती है, जिसका लक्ष्य छात्रों में जिम्मेदारी, सहानुभूति और सामाजिक न्याय की भावना पैदा करना है। नीति जिम्मेदार नागरिकता और नैतिक नेतृत्व को बढ़ावा देने के लिए मूल्य-आधारित शिक्षा के महत्व को रेखांकित करती है।

गुरु के रूप में शिक्षकों की भूमिका: स्वामी विवेकानन्द शिक्षकों को आध्यात्मिक मार्गदर्शक और गुरु मानते थे जो अपने छात्रों के चरित्र और भाग्य को आकार देने में महत्वपूर्ण भूमिका निभाते हैं। एनईपी 2020 शैक्षिक प्रक्रिया में शिक्षकों की महत्वपूर्ण भूमिका को पहचानता है और शिक्षक प्रशिक्षण, निरंतर व्यावसायिक विकास और स्वायत्तता के महत्व पर जोर देता है। नीति का उद्देश्य शिक्षकों को समृद्ध शिक्षण अनुभव बनाने और अपने छात्रों के लिए सकारात्मक रोल मॉडल के रूप में काम करने के लिए सशक्त बनाना है।

विज्ञान और आध्यात्मिकता का एकीकरण: स्वामी विवेकानंद ने तर्कसंगत पूछताछ और आध्यात्मिक ज्ञान के बीच सामंजस्य पर जोर देते हुए शिक्षा में विज्ञान और आध्यात्मिकता के एकीकरण की वकालत की। एनईपी 2020 वैज्ञानिक ज्ञान को पारंपरिक ज्ञान और स्वदेशी ज्ञान प्रणालियों के साथ एकीकृत करने के महत्व को पहचानता है। यह नीति सीखने के लिए अंतःविषय दृष्टिकोण को बढ़ावा देती है, छात्रों को विज्ञान, प्रौद्योगिकी, संस्कृति और आध्यात्मिकता के बीच अंतरसंबंधों का पता लगाने के लिए प्रोत्साहित करती है।

सार्वभौमिक शिक्षा को बढ़ावा देना: स्वामी विवेकानन्द सार्वभौमिक शिक्षा के प्रबल समर्थक थे और उनका मानना था कि लिंग, जाति या सामाजिक-आर्थिक स्थिति की परवाह किए बिना शिक्षा सभी के लिए सुलभ होनी चाहिए। एनईपी 2020 का उद्देश्य सभी शिक्षार्थियों के लिए समानता, समावेशन और गुणवत्तापूर्ण शिक्षा तक पहुंच को बढ़ावा देना है, जिसमें हाशिए पर और वंचित समूहों पर विशेष ध्यान दिया गया है। यह नीति शिक्षा में आने वाली बाधाओं को दूर करने और शैक्षिक अवसरों के विस्तार की वकालत करती है ताकि यह सुनिश्चित किया जा सके कि प्रत्येक बच्चे को अपनी पूरी क्षमता का एहसास करने का मौका मिले।

बेहतर प्रशासन के लिए सूचकांक

नीचे प्रस्तावित कुछ मूल्यांकन सूचकांक हैं जिन्हें शासन प्रणालियों में सुधार और जवाबदेही में सुधार के लिए पहले से मौजूद सूचकांकों के साथ जोड़ा जा सकता है। 2021 में प्रकाशित मेरी पुस्तक, "डिस्कवरी ऑफ न्यू इंडिया" में इन पर संक्षेप में चर्चा की गई थी। यहां मैं इंटरनेट से इनपुट लेकर इनका विस्तार कर रहा हूं।

पिन कोड पर्याप्तता सूचकांक (पीएसआई)

यह सूचकांक पिन कोड स्तर पर सेवाओं और सरकारी सुविधाओं की मांग और आपूर्ति की जांच करने के बारे में है। प्रत्येक पिन कोड को नागरिकों द्वारा स्थानीय, राज्य और केंद्र सरकारों से प्राप्त सेवाओं और सुविधाओं के लिए रेट किया जाना चाहिए। शहर, जिला और राज्य स्तर पर पीएसआई पिछड़े विभागों की पहचान करने और उन्हें आगे बढ़ाने में मदद कर सकता है।

किसी शहर के पुनर्विकास के लिए एक पिन कोड पर्याप्तता सूचकांक बनाने में प्रत्येक पिन कोड क्षेत्र के भीतर सुधार की पर्याप्तता और क्षमता निर्धारित करने के लिए विभिन्न कारकों का मूल्यांकन करना शामिल है। यहां कुछ तत्व दिए गए हैं जिन्हें शामिल किया जा सकता है:

जनसांख्यिकीय डेटा: जनसंख्या घनत्व, आयु वितरण, आय स्तर, शिक्षा स्तर और घरेलू संरचना जैसे कारक प्रत्येक पिन कोड के सामाजिक-आर्थिक परिदृश्य में अंतर्दृष्टि प्रदान कर सकते हैं।

आर्थिक संकेतक: आर्थिक जीवन शक्ति और विकास की क्षमता का आकलन करने के लिए रोजगार दर, औसत घरेलू आय, गरीबी का स्तर और व्यवसायों की उपस्थिति जैसे मैट्रिक्स शामिल करें।

आवास की उपलब्धता और सामर्थ्य: प्रत्येक पिन कोड के भीतर आवास की स्थिति और चुनौतियों को समझने के लिए आवास स्टॉक, रिक्ति दर, औसत किराया और घर की कीमतें, और सामर्थ्य सूचकांक का मूल्यांकन करें।

बुनियादी ढाँचा और परिवहन: सड़कों, सार्वजनिक परिवहन विकल्पों, स्वास्थ्य सुविधाओं तक पहुँच और किराने की दुकानों और बैंकों जैसी आवश्यक सेवाओं की निकटता जैसे बुनियादी ढाँचे की गुणवत्ता का आकलन करें।

शिक्षा और कौशल विकास: स्कूलों की गुणवत्ता, स्नातक दर, व्यावसायिक प्रशिक्षण कार्यक्रमों तक पहुंच और उच्च शिक्षा संस्थानों की उपलब्धता से संबंधित मेट्रिक्स शामिल करें।

स्वास्थ्य और कल्याण: स्वास्थ्य सेवाओं तक पहुंच, पुरानी बीमारियों की दर, मनोरंजक सुविधाओं की उपलब्धता और हवा और पानी की गुणवत्ता जैसे कारक निवासियों के समग्र स्वास्थ्य और कल्याण के बारे में जानकारी प्रदान कर सकते हैं।

सामुदायिक जुड़ाव और नागरिक भागीदारी: सामुदायिक जुड़ाव के स्तर, सामुदायिक संगठनों की उपस्थिति, सार्वजनिक स्थानों तक पहुंच और स्थानीय शासन में भागीदारी का मूल्यांकन करें।

पर्यावरणीय स्थिरता: हरित स्थान, पुनर्चक्रण कार्यक्रम, नवीकरणीय ऊर्जा अपनाने और स्थिरता और लचीलेपन की दिशा में प्रयासों जैसे कारकों का आकलन करें।

अपराध और सुरक्षा: प्रत्येक पिन कोड के भीतर सुरक्षा के स्तर को मापने के लिए अपराध दर, कानून प्रवर्तन एजेंसियों की उपस्थिति और सामुदायिक सुरक्षा पहल शामिल करें।

प्रौद्योगिकी और कनेक्टिविटी: तकनीकी बुनियादी ढांचे और डिजिटल समावेशन की क्षमता को समझने के लिए हाई-स्पीड इंटरनेट, डिजिटल साक्षरता दर, प्रौद्योगिकी संसाधनों की उपलब्धता और नवाचार केंद्रों तक पहुंच का मूल्यांकन करें।

ऐतिहासिक और सांस्कृतिक महत्व: ऐतिहासिक स्थलों, सांस्कृतिक संस्थानों के संरक्षण और प्रत्येक पिन कोड के भीतर विविधता और समावेशन को बढ़ावा देने के प्रयासों पर विचार करें।

सरकारी समर्थन और नीति पर्यावरण: सरकारी संसाधनों की उपलब्धता, पुनर्विकास के लिए प्रोत्साहन कार्यक्रम, ज़ोनिंग नियम और आर्थिक और सामुदायिक विकास का समर्थन करने वाली नीतियों का आकलन करें।

इन श्रेणियों में डेटा संकलित और विश्लेषण करके, एक "पिन कोड पर्याप्तता सूचकांक" प्रत्येक क्षेत्र के भीतर शक्तियों, कमजोरियों और पुनर्विकास के अवसरों की व्यापक समझ प्रदान कर सकता है, जो शहर के पुनरोद्धार प्रयासों के लिए रणनीतिक योजना और निवेश निर्णयों का मार्गदर्शन कर सकता है।

उद्योग प्रदूषण सूचकांक (आईपीआई)

अनियंत्रित औद्योगिक उत्पादन के परिणामस्वरूप वायु, जल और मिट्टी का प्रदूषण हुआ है। प्रदूषण सूचकांक (पीआई) के मौजूदा उपाय समस्या को नियंत्रित करने में सक्षम नहीं हैं। लाखों संगठित फ़ैक्टरी इकाइयाँ, और कई लाख असंगठित

फ़ैक्टरियाँ समय-समय पर जाँच से बच रही हैं। वास्तव में, उद्योगों का समग्रता में पुनर्मूल्यांकन करना महत्वपूर्ण है, यानी उनके अंत-से-अंत कामकाज के लिए - कच्चे माल प्राप्त करने से लेकर तैयार उत्पाद तक, उप-उत्पादों और सबसे महत्वपूर्ण रूप से उनके अपशिष्ट सहित। नियामकों को अपशिष्ट निपटान तंत्र पर गंभीरता से विचार करना चाहिए। सरकार को प्रभावी कूड़ा निस्तारण के लिए एक तंत्र बनाना चाहिए।

प्रत्येक इकाई को संशोधित मानदंडों के अनुसार पुन: प्रमाणित किया जाना चाहिए, आईपीआई स्कोर प्रकाशित किया जाना चाहिए, हरित इकाइयों को प्रोत्साहन दिया जाना चाहिए। सरकारों और अधिकारियों को 5 साल के भीतर अन्य इकाइयों को हरित बनाने में मदद करनी चाहिए। गैर-हरित फैक्ट्रियां 5 साल में बंद हो जाएंगी। यह उद्योगों को 5 वर्षों में हरित बनने के लिए प्रेरित करेगा।

"उद्योग प्रदूषण सूचकांक" एक व्यापक मीट्रिक हो सकता है जो शहरी क्षेत्रों में औद्योगिक गतिविधियों से प्रदूषण में योगदान देने वाले विभिन्न कारकों को शामिल करता है। यहां कुछ घटक दिए गए हैं जिन्हें शामिल किया जा सकता है:

वायु प्रदूषण उत्सर्जन: औद्योगिक स्रोतों से सल्फर डाइऑक्साइड (SO2), नाइट्रोजन ऑक्साइड (NOx), पार्टिकुलेट मैटर (PM), वाष्पशील कार्बनिक यौगिक (VOCs), और कार्बन मोनोऑक्साइड (CO) जैसे विभिन्न प्रदूषकों के उत्सर्जन का मापन।

जल प्रदूषण: नदियों, झीलों और महासागरों सहित जल निकायों में प्रवाहित होने वाले अपशिष्ट पदार्थों का आकलन। इसमें भारी धातु, रसायन और कार्बनिक पदार्थ जैसे प्रदूषक शामिल हो सकते हैं।

भूमि प्रदूषण: ठोस अपशिष्ट, खतरनाक अपशिष्ट और दूषित लैंडफिल सहित औद्योगिक अपशिष्ट निपटान प्रथाओं का मूल्यांकन। औद्योगिक गतिविधियों से मृदा प्रदूषण की निगरानी करना।

ध्वनि प्रदूषण: औद्योगिक मशीनरी, माल के परिवहन और अन्य औद्योगिक प्रक्रियाओं द्वारा उत्पन्न शोर के स्तर की निगरानी करना।

ऊर्जा की खपत: उद्योगों द्वारा ऊर्जा के उपयोग पर नज़र रखना और ऊर्जा उत्पादन से जुड़े उत्सर्जन को कम करने के लिए ऊर्जा-कुशल प्रथाओं को बढ़ावा देना।

अपशिष्ट प्रबंधन प्रथाएँ: औद्योगिक अपशिष्ट उत्पादों के पुनर्चक्रण, पुन: उपयोग और उचित निपटान जैसी अपशिष्ट प्रबंधन रणनीतियों की प्रभावशीलता का आकलन करना।

पर्यावरणीय विनियमों का अनुपालन: यह सुनिश्चित करना कि उद्योग उत्सर्जन, अपशिष्ट निपटान और प्रदूषण नियंत्रण उपायों के संबंध में नियामक अधिकारियों द्वारा निर्धारित पर्यावरणीय नियमों और मानकों का पालन करें।

पर्यावरणीय प्रभाव आकलन: आसपास के पारिस्थितिक तंत्र, जैव विविधता और मानव स्वास्थ्य पर औद्योगिक गतिविधियों के पर्यावरणीय प्रभाव को निर्धारित करने के लिए नियमित मूल्यांकन करना।

हरित प्रौद्योगिकियों को अपनाना: प्रदूषण को कम करने के लिए उदयोगों को स्वच्छ उत्पादन प्रौद्योगिकियों, नवीकरणीय ऊर्जा स्रोतों और टिकाऊ प्रथाओं को अपनाने के लिए प्रोत्साहित करना।

सार्वजनिक स्वास्थ्य संकेतक: श्वसन रोगों, हृदय संबंधी समस्याओं और कैंसर की दरों सहित सार्वजनिक स्वास्थ्य पर औद्योगिक प्रदूषण के प्रभाव का आकलन करने के लिए आस-पास के समुदायों में स्वास्थ्य परिणामों की निगरानी करना।

सामुदायिक जुड़ाव और पारदर्शिता: पारदर्शिता और जवाबदेही को बढ़ावा देने के लिए औद्योगिक विकास, प्रदूषण नियंत्रण उपायों और पर्यावरण निगरानी के संबंध में निर्णय लेने की प्रक्रियाओं में स्थानीय समुदायों को शामिल करना।

आपातकालीन तैयारी और प्रतिक्रिया: औद्योगिक दुर्घटनाओं, रिसाव, या अन्य घटनाओं से निपटने के लिए आकस्मिक योजनाएँ और प्रतिक्रिया तंत्र विकसित करना जिनके परिणामस्वरूप प्रदूषण और पर्यावरणीय क्षति हो सकती है।

इन तत्वों को उद्योग प्रदूषण सूचकांक में शामिल करके, नीति निर्माता, नियामक एजेंसियां और उद्योग शहरी क्षेत्रों में प्रदूषण के स्तर की प्रभावी ढंग से निगरानी और कमी कर सकते हैं, सतत विकास को बढ़ावा दे सकते हैं और समग्र पर्यावरणीय गुणवत्ता में सुधार कर सकते हैं।

विभाग का ईमानदारी सूचकांक **(DHI)**

सभी सरकारी विभाग, जो भ्रष्टाचार को कुचलने में सक्षम नहीं हैं, उनके साथ काम करने वाले नागरिकों/जनता द्वारा मूल्यांकन किया जाना चाहिए। पारदर्शी फीडबैक प्रणाली का उपयोग कर फीडबैक प्रकाशित किया जाना चाहिए। प्रकाशित विभाग ईमानदारी सूचकांक डीएचआई भ्रष्ट विभागों को शर्मसार करेगा। इसे सरकारी सहायता और पदोन्नति से जोड़ा जाना चाहिए। इस प्रकार, यह विभाग प्रमुखों और मंत्रालयों के बीच स्वस्थ प्रतिस्पर्धा को बढ़ावा देगा, वे अधिक ईमानदार बनने का प्रयास करेंगे।

"विभाग का ईमानदारी सूचकांक" बनाने में सरकारी विभाग की पारदर्शिता और ईमानदारी का मूल्यांकन करने के लिए मानदंड और मैट्रिक्स का एक सेट स्थापित करना शामिल है। यहां कुछ घटक दिए गए हैं जिन्हें ऐसे सूचकांक में शामिल किया जा सकता है:

प्रकटीकरण नीतियां: जनता के सामने सूचना के प्रकटीकरण के संबंध में विभाग की नीतियों का मूल्यांकन करें। इसमें जनता

को उपलब्ध कराई गई रिपोर्ट, डेटासेट और अन्य प्रासंगिक जानकारी की आवृत्ति और पूर्णता शामिल है।

निर्णय लेने की प्रक्रियाओं में पारदर्शिता: आकलन करें कि विभाग अपनी निर्णय लेने की प्रक्रियाओं में कितना पारदर्शी है। इसमें सार्वजनिक परामर्श, खुली बैठकें और निर्णय लेने के मानदंडों का स्पष्ट दस्तावेज़ीकरण शामिल हो सकता है।

सूचना की पहुंच: मापें कि विभाग की जानकारी आम जनता के लिए कितनी आसानी से उपलब्ध है। इसमें विभाग की वेबसाइट की उपयोगिता, कई भाषाओं में जानकारी की उपलब्धता और विकलांग लोगों के लिए जानकारी सुलभ बनाने के प्रयास शामिल हैं।

व्हिसिलब्लोअर संरक्षण: विभाग के भीतर गलत काम या अनैतिक व्यवहार की रिपोर्ट करने वाले व्हिसिलब्लोअर की सुरक्षा से संबंधित विभाग की नीतियों और प्रथाओं का मूल्यांकन करें।

हितों के टकराव की नीतियां: अपने कर्मचारियों और नेतृत्व के बीच हितों के टकराव की पहचान और प्रबंधन के लिए विभाग की नीतियों और प्रक्रियाओं का आकलन करें।

सार्वजनिक पूछताछ का जवाब: सार्वजनिक पूछताछ और सूचना के अनुरोधों के प्रति विभाग की प्रतिक्रिया को मापें। इसमें जनता, मीडिया और अन्य हितधारकों से पूछताछ के जवाबों की समयबद्धता और पूर्णता शामिल है।

ओपन डेटा मानकों का अनुपालन: ओपन डेटा मानकों और पहलों के साथ विभाग के अनुपालन का मूल्यांकन करें, यह सुनिश्चित करते हुए कि डेटा उन प्रारूपों में प्रदान किया जाता है जो सुलभ, मशीन-पठनीय और पुन: प्रयोज्य हैं।

नैतिकता प्रशिक्षण और जागरूकता: प्रशिक्षण कार्यक्रमों, नैतिक दिशानिर्देशों और आचार संहिता सहित अपने कर्मचारियों के बीच नैतिकता प्रशिक्षण और जागरूकता को बढ़ावा देने के लिए विभाग के प्रयासों का आकलन करें।

सार्वजनिक प्रतिक्रिया तंत्र: जनता से प्रतिक्रिया मांगने और उसका जवाब देने के लिए विभाग के तंत्र का मूल्यांकन करें, जैसे सार्वजनिक मंच, सर्वेक्षण और शिकायत तंत्र।

बाहरी निरीक्षण और जवाबदेही: विभाग की पारदर्शिता और ईमानदारी की निगरानी करने का काम करने वाले लेखा परीक्षकों, लोकपाल, या स्वतंत्र समीक्षा पैनल जैसे बाहरी निरीक्षण निकायों की उपस्थिति और प्रभावशीलता पर विचार करें।

इन तत्वों को शामिल करने वाला एक व्यापक सूचकांक बनाकर, एक सरकारी विभाग पारदर्शिता और जवाबदेही बढ़ा सकता है, अंततः इसके संचालन में सार्वजनिक विश्वास और आत्मविश्वास को बढ़ावा दे सकता है।

प्राकृतिक संसाधन संरक्षण सूचकांक (एनआरपीआई)

"प्राकृतिक संसाधन संरक्षण सूचकांक" बनाने में किसी विशेष स्थान पर प्राकृतिक संसाधनों के संरक्षण और टिकाऊ उपयोग से संबंधित विभिन्न कारकों का आकलन करना शामिल है। यहां कुछ तत्व दिए गए हैं जिन्हें ऐसे सूचकांक में शामिल किया जा सकता है:

जैव विविधता: क्षेत्र में पौधों और जानवरों की प्रजातियों की विविधता और प्रचुरता को मापें। इसमें लुप्तप्राय प्रजातियों, स्थानिक प्रजातियों की उपस्थिति और पारिस्थितिक तंत्र के समग्र स्वास्थ्य का आकलन करना शामिल हो सकता है।

पर्यावास संरक्षण: राष्ट्रीय उद्यानों, प्रकृति भंडारों और वन्यजीव अभयारण्यों जैसे संरक्षित क्षेत्रों की सीमा और प्रभावशीलता का मूल्यांकन करें। इन क्षेत्रों के आकार, कनेक्टिविटी और प्रबंधन पर विचार करें।

वन आवरण: वनों की सीमा और स्वास्थ्य का आकलन करें, जिसमें प्राकृतिक और रोपित वन दोनों शामिल हैं। वन हानि और लाभ, वनों की कटाई की दर और स्थायी वानिकी प्रथाओं के कार्यान्वयन को देखें।

जल की गुणवत्ता और मात्रा: नदियों, झीलों और भूजल जैसे जल संसाधनों की गुणवत्ता और उपलब्धता की निगरानी करें। प्रदूषण स्तर, जल निकासी दर और जल संरक्षण उपायों के कार्यान्वयन जैसे कारकों को देखें।

वायु गुणवत्ता: वायु प्रदूषण के स्तर का मूल्यांकन करें, विशेष रूप से पार्टिकुलेट मैटर, ओजोन, सल्फर डाइऑक्साइड और नाइट्रोजन ऑक्साइड जैसे प्रदूषकों की सांद्रता का। औद्योगिक उत्सर्जन, परिवहन और कृषि जैसी मानवीय गतिविधियों के प्रभाव का आकलन करें।

मृदा स्वास्थ्य: मिट्टी की गुणवत्ता और उर्वरता का आकलन करें, जिसमें मिट्टी का कटाव, संदूषण और पोषक तत्वों की कमी जैसे कारक शामिल हों। मृदा संरक्षण प्रथाओं और टिकाऊ कृषि विधियों के कार्यान्वयन पर विचार करें।

कार्बन फ़ुटप्रिंट: ऊर्जा उत्पादन, परिवहन, उद्योग और भूमि उपयोग परिवर्तन जैसे विभिन्न स्रोतों से ग्रीनहाउस गैस उत्सर्जन को मापें। पुनर्वनीकरण और वृक्षारोपण जैसी पहलों के माध्यम से उत्सर्जन को कम करने और कार्बन पृथक्करण को बढ़ाने के प्रयासों का मूल्यांकन करें।

नवीकरणीय ऊर्जा उपयोग: सौर, पवन, जलविद्युत और भूतापीय ऊर्जा जैसे नवीकरणीय ऊर्जा स्रोतों को अपनाने का मूल्यांकन करें। नवीकरणीय स्रोतों से उत्पन्न ऊर्जा के अनुपात और नवीकरणीय ऊर्जा परिनियोजन को बढ़ावा देने के लिए नीतियों के कार्यान्वयन पर विचार करें।

अपशिष्ट प्रबंधन: अपशिष्ट उत्पादन दर, पुनर्चक्रण दर और अपशिष्ट कटौती और पुनर्चक्रण कार्यक्रमों के कार्यान्वयन का आकलन करें। लैंडफिलिंग को कम करने और खाद बनाने और संसाधन पुनर्प्राप्ति को बढ़ावा देने के प्रयासों का मूल्यांकन करें।

पर्यावरण नीतियां और शासन: स्थानीय, क्षेत्रीय और राष्ट्रीय स्तर पर पर्यावरण नीतियों, विनियमों और प्रवर्तन तंत्र की ताकत और प्रभावशीलता का मूल्यांकन करें। पर्यावरण कानून, संस्थागत क्षमता, हितधारक जुड़ाव और सार्वजनिक जागरूकता जैसे कारकों पर विचार करें।

इन कारकों को एक सूचकांक में जोड़कर, नीति निर्माता, शोधकर्ता और हितधारक किसी विशेष स्थान में प्राकृतिक संसाधन संरक्षण की स्थिति के बारे में जानकारी प्राप्त कर सकते हैं और समय के साथ प्रगति को ट्रैक कर सकते हैं।

इतिहास और संस्कृति संरक्षण सूचकांक (एचसीपीआई)

किसी स्थान के लिए "इतिहास और संस्कृति संरक्षण सूचकांक" में विभिन्न कारक शामिल हो सकते हैं जो इसकी ऐतिहासिक और सांस्कृतिक विरासत के संरक्षण, प्रचार और समझ में योगदान करते हैं। यहां कुछ संभावित घटक दिए गए हैं जिन्हें शामिल किया जा सकता है:

ऐतिहासिक स्थल और स्मारक: क्षेत्र के भीतर संरक्षित ऐतिहासिक स्थलों, स्मारकों और स्थलों की संख्या और महत्व।

संग्रहालय और गैलरी घनत्व: क्षेत्र के इतिहास और सांस्कृतिक कलाकृतियों को प्रदर्शित करने वाले संग्रहालयों, दीर्घाओं और सांस्कृतिक संस्थानों की संख्या और विविधता।

सांस्कृतिक कार्यक्रम और त्यौहार: स्थानीय परंपराओं, कलाओं और विरासत को प्रदर्शित करने वाले सांस्कृतिक कार्यक्रमों, त्योहारों और समारोहों की आवृत्ति और विविधता।

अभिलेखागार और पुस्तकालय: क्षेत्र के अतीत का दस्तावेजीकरण करने वाले अभिलेखागार, पुस्तकालयों और ऐतिहासिक अभिलेखों की उपलब्धता और पहुंच।

सांस्कृतिक शिक्षा कार्यक्रम: समुदाय और आगंतुकों को स्थानीय इतिहास और संस्कृति के बारे में शिक्षित करने के उद्देश्य से शैक्षिक कार्यक्रमों, कार्यशालाओं और पहलों की उपस्थिति।

विरासत संरक्षण नीतियां: ऐतिहासिक स्थलों, इमारतों और सांस्कृतिक परंपराओं को संरक्षित और संरक्षित करने के उद्देश्य से सरकारी नीतियों और पहलों की ताकत और प्रभावशीलता।

सामुदायिक सहभागिता: स्वयंसेवी प्रयासों और जमीनी स्तर की पहल सहित स्थानीय इतिहास और संस्कृति को संरक्षित और बढ़ावा देने में सामुदायिक भागीदारी और भागीदारी का स्तर।

सांस्कृतिक विविधता और समावेशिता: क्षेत्र के भीतर विविध सांस्कृतिक विरासत की मान्यता और प्रचार, जिसमें स्थानीय इतिहास की कथा में हाशिए पर या कम प्रतिनिधित्व वाले समुदायों को शामिल करने के प्रयास शामिल हैं।

पर्यटन प्रभाव: ऐतिहासिक और सांस्कृतिक स्थलों पर पर्यटन का सतत प्रबंधन, यह सुनिश्चित करना कि पर्यटन क्षति या

व्यवधान पैदा किए बिना संरक्षण प्रयासों में सकारात्मक योगदान देता है।

डिजिटल संरक्षण प्रयास: ऐतिहासिक और सांस्कृतिक जानकारी के दस्तावेज़ीकरण, संरक्षण और प्रसार के लिए डिजिटल प्रौद्योगिकियों और प्लेटफार्मों का उपयोग।

ऐतिहासिक व्याख्या और कहानी सुनाना: व्याख्यात्मक सामग्री की गुणवत्ता और पहुंच, निर्देशित पर्यटन और कहानी कहने के प्रयास जो आगंतुकों को ऐतिहासिक और सांस्कृतिक स्थलों के महत्व को समझने में मदद करते हैं।

पारंपरिक शिल्प और प्रथाओं का संरक्षण: पारंपरिक शिल्प और सांस्कृतिक प्रथाओं के कारीगरों और अभ्यासकर्ताओं के लिए समर्थन, भावी पीढ़ियों तक उनकी निरंतरता और प्रसारण सुनिश्चित करना।

स्थानीय विरासत उत्पाद: स्थानीय उत्पादों, हस्तशिल्प और वस्तुओं का विकास और प्रचार जो क्षेत्र के इतिहास और संस्कृति से जुड़े हैं, विरासत को संरक्षित करते हुए आर्थिक स्थिरता का समर्थन करते हैं।

मान्यता और पुरस्कार: ऐतिहासिक और सांस्कृतिक संरक्षण में उत्कृष्ट प्रयासों के लिए राष्ट्रीय या अंतर्राष्ट्रीय संगठनों से मान्यता।

सार्वजनिक धारणा और जागरूकता: क्षेत्र के इतिहास और सांस्कृतिक विरासत के साथ सार्वजनिक जागरूकता, प्रशंसा और जुड़ाव का सर्वेक्षण या मूल्यांकन।

ये केवल कुछ उदाहरण हैं, और सूचकांक के विशिष्ट घटक मूल्यांकन किए जा रहे स्थान के संदर्भ और प्राथमिकताओं के आधार पर भिन्न हो सकते हैं।

सहयोग सूचकांक (कावेरी जल मुद्दे जैसे अंतरराज्यीय मुद्दों को हल करने के लिए) (सीआई)।

दो निकटवर्ती राज्यों के बीच "सहयोग सूचकांक" का आकलन करने में उनकी बातचीत और सहयोग के विभिन्न पहलुओं का मूल्यांकन करना शामिल है। यहां कुछ कारक दिए गए हैं जिन्हें सहयोग सूचकांक का आकलन करने के लिए शामिल किया जा सकता है:

संयुक्त परियोजनाएँ: दोनों राज्यों द्वारा शुरू की गई संयुक्त परियोजनाओं की संख्या और पैमाने का मूल्यांकन करें। इसमें बुनियादी ढांचे का विकास, पर्यावरणीय पहल, सांस्कृतिक कार्यक्रम आदि शामिल हो सकते हैं।

आर्थिक परस्पर निर्भरता: राज्यों के बीच आर्थिक संबंधों का विश्लेषण करें, जैसे साझा उद्योग, व्यापार की मात्रा, सीमा पार रोजगार और व्यापार साझेदारी।

नीति संरेखण: इस बात का आकलन करें कि राज्यों की नीतियां किस हद तक संरेखित हैं और एक-दूसरे के उद्देश्यों का समर्थन करती हैं, खासकर शहरी नियोजन, परिवहन और पर्यावरण नियमों जैसे क्षेत्रों में।

सीमा-पार सेवाएं: उन सेवाओं के प्रावधान का मूल्यांकन करें जो दोनों राज्यों के निवासियों को लाभान्वित करती हैं, जैसे साझा सार्वजनिक परिवहन प्रणाली, स्वास्थ्य देखभाल सुविधाएं, या आपातकालीन प्रतिक्रिया सेवाएं।

सहयोगी संस्थाएँ: राज्यों के बीच सहयोग को बढ़ावा देने के लिए समर्पित संगठनों या समितियों की उपस्थिति और प्रभावशीलता की जाँच करें, जैसे संयुक्त परिषदें, कार्य बल, या आर्थिक विकास बोर्ड।

सांस्कृतिक आदान-प्रदान: आपसी समझ और प्रशंसा को बढ़ावा देने के उद्देश्य से घटनाओं, त्योहारों, शैक्षिक कार्यक्रमों और अन्य पहलों के माध्यम से सांस्कृतिक आदान-प्रदान और सहयोग के स्तर को मापें।

डेटा साझाकरण और अनुसंधान: इस बात पर विचार करें कि राज्य किस हद तक डेटा साझा करते हैं और जलवायु परिवर्तन अनुकूलन, आर्थिक विकास या सार्वजनिक स्वास्थ्य जैसी सामान्य चुनौतियों या अवसरों से संबंधित अनुसंधान पहलों पर सहयोग करते हैं।

बुनियादी ढांचे की कनेक्टिविटी: सड़कों, पुलों, रेलवे और उपयोगिताओं सहित दोनों राज्यों को जोड़ने वाले बुनियादी ढांचे की गुणवत्ता और सीमा का आकलन करें और कनेक्टिविटी में सुधार के लिए किसी भी संयुक्त प्रयास का मूल्यांकन करें।

पर्यावरणीय सहयोग: वायु और जल की गुणवत्ता, अपशिष्ट प्रबंधन और प्राकृतिक संसाधनों के संरक्षण जैसी साझा पर्यावरणीय चिंताओं को दूर करने के लिए सहयोगात्मक प्रयासों का मूल्यांकन करें।

सामाजिक एकीकरण: दो शहरों के निवासियों के बीच सामाजिक एकीकरण के स्तर को मापें, जिसमें अंतर-राज्य कार्यक्रम, सामुदायिक कार्यक्रम और सामाजिक सामंजस्य और समावेशिता को बढ़ावा देने की पहल शामिल हैं।

इन कारकों और संभवतः राज्य के विशिष्ट संदर्भ से संबंधित अन्य कारकों पर विचार करके, आप उनके सहयोग सूचकांक का व्यापक मूल्यांकन विकसित कर सकते हैं।

राज्य स्तरीय सूचकांक (एसएलआई)

उपरोक्त सूचकांकों को जिला स्तर पर और आगे राज्य स्तर पर क्लब किया जाएगा। इससे राज्यों की रेटिंग में मदद मिलेगी. इस प्रकार, यह राज्यों के बेहतर प्रदर्शन के लिए राज्य प्रमुखों और मंत्रालयों के बीच स्वस्थ प्रतिस्पर्धा को बढ़ावा देगा। इसलिए, एक बेहतर भारत!

मेरे कुछ परिचितों की भारत के प्रति इच्छाओं का संकलन

विश्व बंधुत्व

पर्यावरण

जल संचय, वन संरक्षण, जनसंख्या नियंत्रण।

जल स्तर + वन आवरण में सुधार के उपाय।

हमारी मातृ प्रकृति/ग्रह पृथ्वी की सुरक्षा के लिए स्पष्ट 20 वर्षीय योजना (यह मापने योग्य होनी चाहिए और डेटा सभी के लिए उपलब्ध होना चाहिए)।

प्रत्येक शहरी शहर/अर्धशहरी केंद्र के आसपास वन क्षेत्र को वर्तमान वन प्रतिशत का कम से कम 100% तक बढ़ाना।

शिक्षा

सरकारी संस्थानों में बेहतर शिक्षा एवं चिकित्सा सुविधाएं।

सामान्य शिक्षा प्रणाली पैन इंडिया (विविधता को ध्यान में रखा जा सकता है)।

सार्वभौमिक शिक्षा - यदि आवश्यक हो तो रक्षा बजट को आधा प्रतिशत कम करें, लेकिन उस बजट को प्रत्येक सरकारी स्कूल

को उनके स्तर को ऊपर उठाने के लिए उन्नत करने, शिक्षक प्रशिक्षण संस्थान (आईआईटीडी- भारतीय शिक्षक विकास संस्थान) की एक श्रृंखला स्थापित करने में लगाएं। 15 वर्ष से कम उम्र के प्रत्येक बच्चे को स्कूल प्रणाली, किसी भी स्कूल में होना चाहिए।

सरकारी नौकरियों में प्रवेश के लिए (जीवन भर के लिए आरक्षित के रूप में कॉल करने का अधिकार) के साथ 5 साल की सैन्य सेवा अनिवार्य करें।

स्वास्थ्य

स्वास्थ्य प्रणाली में सुधार; सभी अस्पतालों और क्लीनिकों को कम से कम अगले 30 वर्षों तक सरकार द्वारा अपने अधीन ले लिया जाना चाहिए और चलाया जाना चाहिए।

सरकारी अस्पतालों और शिक्षा प्रणालियों को विश्वस्तरीय बनायें। मानकों के अनुपालन के लिए सख्त नीति और अनुपालन न करने पर भारी जुर्माना।

यूनिवर्सल हेल्थ - एनआरसी पर पंजीकृत प्रत्येक भारतीय के लिए यूनिवर्सल हेल्थ कार्ड, जिसका उपयोग करके कोई भी नागरिक किसी भी स्वास्थ्य सुविधा में जाकर इलाज करा सकता है। बीमा द्वारा वहन की जाने वाली लागत, जिसके लिए प्रीमियम सरकार द्वारा वहन किया जाएगा। और विलासिता के सामान, शराब, सिगरेट आदि पर स्वास्थ्य उपकर के माध्यम से वित्त पोषित किया जाएगा। हर साल नए 100 मिनी-एम्स

स्थापित करने की भी आवश्यकता होगी, जिनमें से प्रत्येक में 100 मेडिकल सीटों का एक बैच होगा।

कृषि

किसानों को अधिक आर्थिक लाभ.

कृषि भूमि के स्वामित्व से सीलिंग हटायें।

किसानों के लिए अनिवार्य मंडी व्यवस्था हटाएं।

फिलहाल हम लगभग एक सरप्लस देश हैं...यहां से हम जैविक खेती की ओर बढ़ सकते हैं (यह एक बड़ा काम है लेकिन अगर नेतृत्व है तो अगले 30 साल पर्याप्त होंगे)।

सामाजिक सुरक्षा

उन नागरिकों और उनके परिवारों के लिए सामाजिक सुरक्षा और चिकित्सा सुविधाएं, जिन्होंने भुगतान किए गए करों के एक निर्धारित अनुपात में कम से कम 15 वर्षों तक करों का भुगतान किया है।

वरिष्ठ नागरिक सुविधाओं, सुविधाओं और पेंशन वृद्धि से खुश हैं।

न्यायतंत्र

स्वतंत्र न्यायपालिका.न्यायपालिका व्यवस्था में सुधार करो...जब तक समय पर न्याय नहीं मिलेगा तब तक लोग कानून का सम्मान नहीं करेंगे।

आजादी के 75 साल बाद भी आम आदमी का न्यायपालिका पर विश्वास न होना इसकी विफलता है। एक निष्पक्ष, तेज़ और भ्रष्टाचार रहित न्याय व्यवस्था की आवश्यकता है।

कानून व्यवस्था कड़ी होनी चाहिए. अपराधियों को पहचान की परवाह किए बिना परिणाम भुगतना पड़ता है। यह सबसे जरूरी कदम है।

मामले के समाधान में तेजी लाने के लिए न्यायपालिका में सुधार - अधिक अदालतें स्थापित करें और एक ऐसी प्रक्रिया स्थापित करें जिससे योग्यता के आधार पर अधिक संख्या में न्यायाधीश सामने आएं। डिजिटलीकरण और सभी मामलों के इतिहास को ऑनलाइन बनाए रखना, जहां लगने वाले समय को तुरंत ट्रैक किया जा सकता है। न्यायालयों के कार्य दिवसों की संख्या बढ़ायें।

किसी भी अदालती मामले में फैसला गवाहों की संख्या के आधार पर दिया जाना चाहिए *फैसला लिखने के लिए 2 दिन + पंद्रह दिन।+ मामला शुरू करने के लिए एक महीना।

कर चोरी को एक आपराधिक अपराध बनाएं और कड़ाई से अनुपालन सुनिश्चित करें।

अनुबंध के उल्लंघन पर भारतीय न्यायशास्त्र में दंडात्मक मुआवजे की अवधारणा का परिचय दें।

<u>शासन</u>

सभी क्षेत्रों में नेतृत्व का अगला स्तर तैयार करें... बुनियादी ढांचे का विकास, विदेश मामले, कानून एवं व्यवस्था।

कनेक्टिविटी, सुशासन और रक्षा में निवेश पर ध्यान केंद्रित करते हुए, विकास दर को बढ़ाने वाले अवसर पैदा करके मजबूत संसाधन पूल का उपयोग करने का समय आ गया है; नौकरियां पैदा करें और भारत को विश्व के लिए विनिर्माण केंद्र बनाएं।

सभी राज्य पुलिस बलों का अति आधुनिकीकरण। फोरेंसिक प्रयोगशालाओं और पुलिस अधिकारियों के प्रशिक्षण का एक नेटवर्क स्थापित करें। पुलिस स्टेशनों का पूर्ण डिजिटलीकरण और उन सभी का एक नेटवर्क स्थापित करना। अपराधियों का एक राष्ट्रव्यापी डेटाबेस स्थापित करें। हिरासत में लिए गए या गिरफ्तार किए गए प्रत्येक व्यक्ति की आईडी और बायोमेट्रिक्स एकत्र करें और उन्हें डेटाबेस में जोड़ें।

यूसीसी, एनआरसी, सीएए लागू करें और जनसंख्या नीति लागू करें कि 2 से अधिक बच्चे पैदा करने वाला कोई भी व्यक्ति सरकारी नौकरी के लिए पात्र नहीं होगा। सब्सिडी, सरकारी नौकरी, या आरक्षण

सभी प्रमुख नदियों और नहरों को जोड़ने के लिए एक नहर नेटवर्क स्थापित करें जो जल परिवहन में सहायता के लिए पर्याप्त चौड़ा और गहरा हो।

निर्वाचन

ईमानदार चुनाव. प्रत्येक स्तर पर ईमानदार शासन।

तीनों स्तरों पर चुनाव एक ही समय पर होने चाहिए।

वोट देने का अधिकार कम से कम 12वीं पास नागरिकों तक सीमित होना चाहिए ताकि देश में चुनाव बुद्धिमानी से हो, न कि धमकी, प्रभाव या बल से।

निर्वाचित होने के लिए पात्रता मानदंड कम से कम स्नातक होना आवश्यक है और मंत्री, मुख्यमंत्री या प्रधान मंत्री बनने के लिए स्नातकोत्तर होना आवश्यक है।

सन्दर्भ और प्रेरणाएँ

[1] श्री अरबिंदो और श्री माँ की संपूर्ण रचनाएँ
https://incarateword.in/cwsa
https://motherandsriaurobindo.in/The-Mother/books/cwm/

[2] डॉ. ए पी जे अब्दुल कलाम, प्रज्वलित मन *(Ignited Minds)*, पेंगुइन बुक्स इंडिया, 2002।

[3] परमहंस योगानंद, एक योगी की आत्मकथा *(Autobiography of a Yogi)*, वाईएसएस इंडिया, 1946।

[4] मारिया वर्थ, धन्यवाद भारत *(Thank You India)*, गरुड़ प्रकाशन, 2018.

[5] स्वामी रामा, हिमालयन मास्टर्स के साथ रहना, हिमालयन इंस्टीट्यूट इंडिया, 2019।

[6] राम दास,प्यार का चमत्कार -नीम करोली बाबा के बारे में कहानियाँ, हनुमान फाउंडेशन, 1995।

[7] रब्बू जोशी, मैं और मेरे पिता एक हैं: भव्य एकीकरण, रवीन्द्र कुमार जोशी, 2011.

[8] वैभव,नये भारत की खोज, नोशन प्रेस, 2021।

[9] आरिफ अख्तर नकवी द्वारा संपादित, बाल बिरादरी - स्वर्गीय क़ैसर नकवी साहब को समर्पित (*Baal Biradari - dedicated to Late Quaiser Naqvi sahab)*, क्रिएटिव स्टार प्रकाशन, 2022।

[10] व्यक्तिगत आध्यात्मिक अनुभव, 2020-2024.

[11] भारत के लिए शुभकामनाएं जो मेरे कुछ परिचितों ने मेरे साथ साझा कीं.

[12] Jesus in India (भारत में यीशु), परमहंस योगानंद .. इंटरनेट के कुछ और अन्य संदर्भ.

ग्रन्थसूची

लेखक के बारे में

वैभव एक शिक्षित मध्यमवर्गीय भारतीय परिवार से आते हैं। वह शिक्षा और पेशे से एक इंजीनियर हैं। आईटी उद्योग में लगभग 20 साल बिताने और लगभग 500 ग्राहकों के लिए वैश्विक आईटी दिग्गजों के साथ काम करने के बाद, उन्होंने अपनी अन्य रुचियों - भारत के सांस्कृतिक और आध्यात्मिक इतिहास और इसकी एकता के महान अतीत - की खोज शुरू कर दी। उन्होंने अपने खाली समय का उपयोग पढ़ने, सुनने, सोचने, समान विचारधारा वाले दोस्तों के साथ दोबारा जुड़ने और कुछ आध्यात्मिक स्थानों और आश्रमों की यात्रा करने में किया। ईश्वर की कृपा से उन्होंने 2021 में "डिस्कवरी ऑफ न्यू इंडिया" पुस्तक लिखी, जिसमें हमारे देश की कुछ कठिन समस्याओं पर चर्चा की गई और समाधान सुझाए गए। उन सुझावों और समाधानों को क्रियान्वित किया जा रहा है, इस अवलोकन से प्रेरित होकर उन्हें यह पुस्तक लिखने की प्रेरणा मिली। इस पुस्तक "2050 - इंडिया टर्न्स 100" के माध्यम से, वैभव भारत के लिए अपना दृष्टिकोण साझा करते हैं, और आपको अपने सपनों के भारत के निर्माण में भाग लेने के लिए प्रोत्साहित करते हैं।

www.ingramcontent.com/pod-product-compliance
Lightning Source LLC
LaVergne TN
LVHW100306051026
849517LV00006B/2208
* 9 7 9 8 8 9 5 4 4 1 9 3 0 *